A VIAGEM DO ELEFANTE

Obras do autor publicadas pela Companhia das Letras

Alabardas, alabardas, espingardas, espingardas
O ano da morte de Ricardo Reis
O ano de 1993
A bagagem do viajante
O caderno
Cadernos de Lanzarote
Cadernos de Lanzarote II
Caim
A caverna
Claraboia
Com o mar por meio: Uma amizade em cartas (com Jorge Amado)
O conto da ilha desconhecida
Don Giovanni ou O dissoluto absolvido
Ensaio sobre a cegueira
Ensaio sobre a lucidez
O Evangelho segundo Jesus Cristo
História do cerco de Lisboa
O homem duplicado
In Nomine Dei
As intermitências da morte
A jangada de pedra
O lagarto (com xilogravuras de J. Borges)
Levantado do chão
A maior flor do mundo
Manual de pintura e caligrafia
Memorial do Convento
Objecto quase
As palavras de Saramago (org. Fernando Gómez Aguilera)
As pequenas memórias
Que farei com este livro?
O silêncio da água
Todos os nomes
Viagem a Portugal
A viagem do elefante

JOSÉ SARAMAGO

A VIAGEM DO ELEFANTE

Conto

3ª edição
1ª reimpressão

Copyright © 2008 by José Saramago

Capa:
Adaptada de *Silvadesigners*,
autorizada por *Porto Editora S.A.*
e *Fundação José Saramago*

Caligrafia da capa:
Wagner Moura

Revisão:
Carmen S. da Costa

*A editora manteve a grafia vigente em Portugal, observando as
Regras do Acordo Ortográfico da Língua Portuguesa de 1990*

*Os personagens e situações desta obra são reais apenas no universo da ficção;
não se referem a pessoas e fatos concretos, e sobre eles não emitem opinião*

Dados Internacionais de Catalogação na Publicação (CIP)
(Câmara Brasileira do Livro, SP, Brasil)

Saramago, José
  A viagem do elefante : conto / José Saramago. — 3ª ed. —
São Paulo : Companhia das Letras, 2017.

ISBN 978-85-359-3037-5

1. Contos portugueses I. Título.

08-09602   CDD-869.3

Índice para catálogo sistemático:
1. Contos : Literatura portuguesa   869.3

2021

Todos os direitos desta edição reservados à
EDITORA SCHWARCZ S.A.
Rua Bandeira Paulista, 702, cj. 32
04532-002 — São Paulo — SP
Telefone: (11) 3707-3500
www.companhiadasletras.com.br
www.blogdacompanhia.com.br
facebook.com/companhiadasletras
instagram.com/companhiadasletras
twitter.com/cialetras

Se Gilda Lopes Encarnação não fosse leitora de português na Universidade de Salzburgo, se eu não tivesse sido convidado para ir falar aos alunos, se Gilda não me tivesse convidado para jantar no restaurante O Elefante, este livro não existiria. Foi preciso que os ignotos fados se conjugassem na cidade de Mozart para que eu pudesse ter perguntado: «Que figuras são aquelas?» As figuras eram umas pequenas esculturas de madeira postas em fila, a primeira das quais, olhando da direita para a esquerda, era a nossa Torre de Belém. Vinham a seguir representações de vários edifícios e monumentos europeus que manifestamente enunciavam um itinerário. Foi-me dito que se tratava da viagem de um elefante que, no século XVI, exactamente em 1551, sendo rei D. João III, foi levado de Lisboa a Viena. Pressenti que podia haver ali uma história e fi-lo saber a Gilda Lopes Encarnação. Ela achou que sim, ou que talvez, e prontificou-se para me ajudar a obter a indispensável informação histórica. O livro resultante está aqui e deve muito, muitíssimo, à minha providencial companheira de mesa, a quem venho exprimir publicamente os meus mais profundos agradecimentos e também a expressão da minha estima e do meu maior respeito.

A Pilar, que não deixou que eu morresse

Sempre chegamos ao sítio aonde nos esperam.

O Livro dos Itinerários

Por muito incongruente que possa parecer a quem não ande ao tento da importância das alcovas, sejam elas sacramentadas, laicas ou irregulares, no bom funcionamento das administrações públicas, o primeiro passo da extraordinária viagem de um elefante à áustria que nos propusemos narrar foi dado nos reais aposentos da corte portuguesa, mais ou menos à hora de ir para a cama. Registe-se já que não é obra de simples acaso terem sido aqui utilizadas estas imprecisas palavras, mais ou menos. Deste modo, dispensámo-nos, com assinalável elegância, de entrar em pormenores de ordem física e fisiológica algo sórdidos, e quase sempre ridículos, que, postos em pelota sobre o papel, ofenderiam o catolicismo estrito de dom joão, o terceiro, rei de portugal e dos algarves, e de dona catarina de áustria, sua esposa e futura avó daquele dom sebastião que irá a pelejar a alcácer-quibir e lá morrerá ao primeiro assalto, ou ao segundo, embora não falte quem afirme que se finou por doença na véspera da batalha. De sobrolho carregado, eis o que o rei começou por dizer à rainha, Estou duvidando, senhora, Quê, meu senhor, O presente que demos ao primo maximiliano, quando do seu casamento, há quatro anos, sempre me pareceu indigno da sua linhagem e merecimentos, e agora que o temos aqui tão perto, em valladolid, como regente de espanha, por assim dizer à mão de semear, gostaria de lhe oferecer algo mais valioso, algo que desse nas vistas, a vós que vos parece, senhora, Uma custódia estaria bem, senhor, tenho observado que, talvez pela virtude conjunta do seu valor material com o seu significado espiritual, uma custódia é sempre bem acolhida pelo obsequiado, A nossa santa igreja não apreciaria tal liberalidade, ainda há--de ter presentes em sua infalível memória as confessas simpatias do primo maximiliano pela reforma dos protestantes luteranos, luteranos ou calvinistas, nunca soube ao certo, Vade retro, satanás, nem em tal tinha pensado, exclamou a rainha, benzendo--se, amanhã terei de me confessar à primeira hora, Porquê amanhã em particular, senhora, se é vosso costume confessar-vos todos os dias, perguntou o rei, Pela nefanda ideia que o inimigo me pôs nas cordas da voz, olhai que ainda sinto a garganta queimada como se por ela tivesse roçado o bafo do inferno. Habituado aos exageros sensoriais da rainha, o rei encolheu os ombros e regressou à espinhosa tarefa de descobrir um presente capaz de satisfazer o arquiduque maximiliano de áustria. A rainha bisbilhava uma oração, principiara já outra, quando de repente se interrompeu e quase gritou, Temos o salomão, Quê, perguntou o rei, perplexo, sem perceber a intempestiva invocação ao rei de judá, Sim, senhor, salomão, o elefante, E para que quero eu aqui o elefante, perguntou o rei já algo abespinhado, Para o presente, senhor, para o presente de casamento, respondeu a rainha, pondo-se de pé, eufórica, excitadíssima, Não é presente de casamento, Dá o mesmo. O rei acenou com a cabeça lentamente três vezes seguidas, fez uma pausa e acenou outras três vezes, ao fim das quais admitiu, Parece-me uma ideia interessante, É mais do que interessante, é uma ideia boa, é uma ideia excelente, retrucou a rainha com um gesto de impaciência, quase de insubordinação, que não foi capaz de reprimir, há mais de dois anos que esse animal veio da índia, e desde então não tem feito outra coisa que não seja comer e dormir, a dorna da água sempre cheia, forragens aos montões, é como se estivéssemos a sustentar uma besta à argola, e sem esperança de pago, O pobre bicho não tem culpa, aqui não há trabalho que sirva para ele, a não ser que o mandasse para os estaleiros do tejo a transportar tábuas, mas o coitado iria padecer, porque a sua especialidade profissional são os troncos, que se ajeitam melhor à tromba pela curvatura, Então que vá para viena, E como irá, perguntou o rei, Ah, isso não é da nossa conta, se o primo maximiliano passar a ser o dono, ele que resolva, imagino que ainda continuará em valladolid, Não tenho notícia em contrário, Claro que para valladolid o salomão terá de ir à pata, que boas andadeiras tem, E para viena também, não terá outro remédio, Um estirão, disse a rainha, Um estirão, assentiu o rei gravemente, e acrescentou, Amanhã escreverei ao primo maximiliano, se ele aceitar haverá que combinar datas e fazer alguns acertos, por exemplo, quando tenciona ele partir para viena, de quantos dias irá precisar salomão para chegar de lisboa a valladolid, daí para diante já não será connosco, lavamos as mãos, Sim, lavamos as mãos, disse a rainha, mas, lá no íntimo profundo, que é onde se digladiam as contradições do ser, sentiu uma súbita dor por deixar ir o salomão sozinho para tão distantes terras e tão estranhas gentes.

No dia seguinte, manhãzinha cedo, o rei mandou vir o secretário pêro de alcáçova carneiro e ditou-lhe uma carta que não lhe saiu bem à primeira, nem à segunda, nem à terceira, e que teve de ser confiada por inteiro à habilidade retórica e ao experimentado conhecimento da pragmática e das fórmulas epistolares usadas entre soberanos que exornava o competente funcionário, o qual na melhor das escolas possíveis havia aprendido, a de seu próprio pai, antónio carneiro, de quem, por morte, herdara o cargo. A carta ficou perfeita tanto de letra como de razões, não omitindo sequer a possibilidade teórica, diplomaticamente expressa, de que o presente pudesse não ser do agrado do arquiduque, o qual teria, porém, todas as dificuldades do mundo em responder com uma negativa, pois o rei de portugal afirmava, numa passagem estratégica da carta, que em todo o seu reino não possuía nada de mais valioso que o elefante salomão, quer pelo sentimento unitário da criação divina que liga e aparenta todas as espécies umas às outras, há mesmo quem diga que o homem foi feito com as sobras do elefante, quer pelos valores simbólico, intrínseco e mundano do animal. Fechada e selada a carta, o rei deu ordem para que se apresentasse o estribeiro-mor, fidalgo da sua maior confiança, a quem resumiu a missiva, depois do que lhe ordenou que escolhesse uma escolta digna da sua qualidade, mas, sobretudo, à altura da responsabilidade da missão de que ia incumbido. O fidalgo beijou a mão ao rei, que lhe disse, com a solenidade de um oráculo, estas sibilinas palavras, Que sejais tão rápido como o aquilão e tão seguro como o voo da águia, Sim, meu senhor. Depois, o rei mudou de tom e deu alguns conselhos práticos, Não precisais que vos recorde que deveis mudar de cavalos todas as vezes que sejam necessárias, as postas não estão lá para outra coisa, não é hora de poupar, vou mandar que reforcem as quadras, e, já agora, sendo possível, para ganhar tempo, opino que deveríeis dormir em cima do vosso cavalo enquanto ele for galopando pelos caminhos de castela. O mensageiro não compreendeu o risonho jogo ou preferiu deixar passar, e limitou-se a dizer, As ordens de vossa alteza serão cumpridas ponto por ponto, empenho nisso a minha palavra e a minha vida, e foi-se retirando às arrecuas, repetindo as vénias de três em três passos. É o melhor dos estribeiros-mores, disse o rei. O secretário resolveu calar a adulação que consistiria em dizer que o estribeiro-mor não poderia ser e portar-se doutra maneira, uma vez que havia sido escolhido pessoalmente por sua alteza. Tinha a impressão de ter dito algo semelhante não há muitos dias. Já nessa altura lhe viera à lembrança um conselho do pai, Cuidado, meu filho, uma adulação repetida acabará inevitavelmente por tornar-se insatisfatória, e portanto ferirá como uma ofensa. Posto o que, o secretário, embora por razões diferentes das do estribeiro-mor, preferiu também calar-se. Foi neste breve silêncio que o rei deu voz, finalmente, a um cuidado que lhe havia ocorrido ao despertar, Estive a pensar, acho que deveria ir ver o salomão, Quer vossa alteza que mande chamar a guarda real, perguntou o secretário, Não, dois pajens são mais do que suficientes, um para os recados e o outro para ir saber por que é que o primeiro ainda não voltou, ah, e também o senhor secretário, se me quiser acompanhar, Vossa alteza honra-me muito, por cima dos meus merecimentos, Talvez para que venha a merecer mais e mais, como seu pai, que deus tenha em glória, Beijo as mãos de vossa alteza, com o amor e o respeito com que beijava as dele, Tenho a impressão de que isso é que está muito por cima dos meus merecimentos, disse o rei, sorrindo, Em dialéctica e em resposta pronta ninguém ganha a vossa alteza, Pois olhe que não falta por aí quem diga que as fadas que presidiram ao meu nascimento não me fadaram para o exercício das letras, Nem tudo são letras no mundo, meu senhor, ir visitar o elefante salomão neste dia é, como talvez se venha a dizer no futuro, um acto poético, Que é um acto poético, perguntou o rei, Não se sabe, meu senhor, só damos por ele quando aconteceu, Mas eu, por enquanto, só tinha anunciado a intenção de visitar o salomão, Sendo palavra de rei, suponho que terá sido o bastante, Creio ter ouvido dizer que, em retórica, chamam a isso ironia, Peço perdão a vossa alteza, Está perdoado, senhor secretário, se todos os seus pecados forem dessa gravidade, tem o céu garantido, Não sei, meu senhor, se este será o melhor tempo de ir para o céu, Que quer isso dizer, Vem aí a inquisição, meu senhor, acabaram-se os salvo-condutos de confissão e absolvição, A inquisição manterá a unidade entre os cristãos, esse é o seu objectivo, Santo objectivo, sem dúvida, meu senhor, resta saber por que meios o alcançará, Se o objectivo é santo, santos serão também os meios de que se servir, respondeu o rei com certa aspereza, Peço perdão a vossa alteza, além disso, Além disso, quê, Rogo-vos que me dispenseis da visita ao salomão, sinto que hoje não seria uma companhia agradável para vossa alteza, Não dispenso, preciso absolutamente da sua presença no cercado, Para quê, meu senhor, se não estou a ser demasiado confiado em perguntar, Não tenho luzes para perceber se vai acontecer o que chamou acto poético, respondeu o rei com um meio sorriso em que a barba e o bigode desenhavam uma expressão maliciosa, quase mefistofélica, Espero as suas ordens, meu senhor, Sendo cinco horas, quero quatro cavalos à porta do palácio, recomende que aquele que montarei seja grande, gordo e manso, nunca fui de cavalgadas, e agora ainda menos, com esta idade e os achaques que ela trouxe, Sim, meu senhor, E escolha-me bem os pajens, que não sejam daqueles que se riem por tudo e por nada, dá-me vontade de lhes torcer o pescoço, Sim, meu senhor.

Só partiram passadas as cinco horas e meia porque a rainha, ao saber da excursão que se estava preparando, declarou que também queria ir. Foi difícil convencê-la de que não tinha qualquer sentido fazer sair um coche só para ir a belém, que era onde havia sido levantado o cercado para o salomão. E certamente, senhora, não quererá ir a cavalo, disse o rei, peremptório, decidido a não admitir qualquer réplica. A rainha acatou a mal disfarçada proibição e retirou--se murmurando que salomão não tinha, em todo o portugal, e mesmo em todo o universo mundo, quem mais lhe quisesse. Via-se que as contradições do ser iam em aumento. Depois de ter chamado ao pobre animal besta sustentada à argola, o pior dos insultos para um irracional a quem na índia tinham feito trabalhar duramente, sem soldada, anos e anos, catarina de áustria exibia agora assomos de paladino arrependimento que quase a tinham levado a desafiar, pelo menos nas formas, a autoridade do seu senhor, marido e rei. No fundo tratava-se de uma tempestade num copo de água, uma pequena crise conjugal que inevitavelmente se há-de desvanecer com o regresso do estribeiro-mor, seja qual for a resposta que trouxer. Se o arquiduque aceitar o elefante, o problema resolver-se-á por si mesmo, ou melhor, resolvê-lo-á a viagem para viena, e, se não o aceitar, então será caso para dizer, uma vez mais, com a milenária experiência dos povos, que, apesar das decepções, frustrações e desenganos que são o pão de cada dia dos homens e dos elefantes, a vida continua. Salomão não tem nenhuma ideia do que o espera. O estribeiro-mor, emissário do seu destino, cavalga em direcção a valladolid, já refeito do mau resultado da tentativa feita para dormir em cima da montada, e o rei de portugal, com a sua reduzida comitiva de secretário e pajens, está a chegar à praia de belém, à vista do mosteiro dos jeronimitas e do cercado de salomão. Dando tempo ao tempo, todas as coisas do universo acabarão por se encaixar umas nas outras. Aí está o elefante. Mais pequeno que os seus parentes africanos, adivinha-se, no entanto, por baixo da camada de sujidade que o cobre, a boa figura com que havia sido contemplado pela natureza. Por que é que este animal está tão sujo, perguntou o rei, onde está o tratador, suponho que haverá um tratador. Aproximava-se um homem de rasgos indianos, coberto por roupas que quase se haviam convertido em andrajos, uma mistura de peças de vestuário de origem e de fabrico nacional, mal cobertas ou mal cobrindo restos de panos exóticos vindos, com o elefante, naquele mesmo corpo, há dois anos. Era o cornaca. O secretário depressa se apercebeu de que o tratador não tinha reconhecido o rei, e, como a situação não estava para apresentações formais, alteza, permiti que vos apresente o cuidador de salomão, senhor indiano, apresento-lhe o rei de portugal, dom joão, o terceiro, que passará à história com o cognome de piedoso, deu ordem aos pajens para que entrassem no redondel e informassem o desassossegado cornaca dos títulos e qualidades da personagem de barbas que lhe estava dirigindo um olhar severo, anunciador dos piores efeitos, É o rei. O homem parou, como se o tivesse fulminado um raio, e fez um movimento como para escapar, mas os pajens filaram-no pelos trapos e empurraram-no até à estacada. Subido a uma rústica escada de mão, colocada no lado de fora, o rei observava o espectáculo com irritação e repugnância, repeso de ter cedido ao impulso matutino de vir fazer uma visita sentimental a um bruto paquiderme, a este ridículo proboscídeo de mais de quatro côvados de altura que, assim o queira deus, em breve irá descarregar as suas malcheirosas excreções na pretensiosa viena de áustria. A culpa, pelo menos em parte, cabia ao secretário, àquela sua conversa sobre actos poéticos que ainda lhe estava dando voltas à cabeça. Olhou com ar de desafio ao por outras razões estimado funcionário, e este, como se lhe tivesse adivinhado a intenção, disse, Acto poético, meu senhor, foi ter vindo vossa alteza aqui, o elefante é só o pretexto, nada mais. O rei resmungou qualquer coisa que não pôde ser ouvida, depois disse em voz firme e clara, Quero esse animal lavado agora mesmo. Sentia-se rei, era um rei, e a sensação é compreensível se pensarmos que nunca dissera uma frase igual em toda a sua vida de monarca. Os pajens transmitiram ao cornaca a vontade do soberano e o homem correu a um alpendre onde se guardavam coisas que pareciam ferramentas e coisas que talvez o fossem, além de outras que ninguém saberia dizer para que serviam. Ao lado do alpendre havia uma construção de tábuas coberta de telha-vã, que devia ser o alojamento do tratador. O homem regressou com uma escova de piaçaba de cabo comprido, encheu um balde grande na dorna que servia de bebedouro e pôs mãos ao trabalho. Foi notório o prazer do elefante. A água e a esfregação da escova deviam ter despertado nele alguma agradável recordação, um rio na índia, um tronco de árvore rugoso, e a prova é que durante todo o tempo que a lavagem durou, uma meia hora bem puxada, não se moveu donde estava, firme nas patas potentes, como se tivesse sido hipnotizado. Conhecidas como são as excelsas virtudes da higiene corporal, não surpreendeu que no lugar onde havia estado um elefante tivesse aparecido outro. A sujidade que o cobrira antes e que mal deixava ver-lhe a pele tinha-se sumido sob o ímpeto combinado da água e da escova, e salomão exibia-se agora aos olhares em todo o seu esplendor. Bastante relativo, se repararmos bem. A pele do elefante asiático, e este é um deles, é grossa, de cor meio cinza meio café, salpicada de pintas e pêlos, uma permanente decepção para o próprio, apesar dos aconselhamentos da resignação que sempre lhe estava dizendo que devia contentar-se com o que tinha, e desse graças a vixnu. Deixara-se lavar como se esperasse um milagre, como num baptismo, e o resultado ali estava, pêlos e pintas. Há mais de um ano que o rei não via o elefante, tinham-lhe esquecido os pormenores, e agora não estava a gostar nada do espectáculo que se lhe oferecia. Salvavam-se os longos incisivos do paquiderme, de uma brancura resplandecente, apenas ligeiramente curvos, como duas espadas apontando em frente. Mas ainda faltava o pior. De súbito, o rei de portugal, e também dos algarves, antes no auge da felicidade por poder obsequiar nada mais nada menos que um genro do imperador carlos quinto, sentiu-se como se fosse cair da escada de mão abaixo e precipitar-se na goela hiante da ignomínia. Eis o que o rei tinha perguntado a si mesmo, E se o arquiduque não gosta dele, se o acha feio, imaginemos que começa por aceitar o presente, uma vez que o não conhece, e depois o devolve, como resistirei eu à vergonha de ver-me desfeiteado perante os olhares compassivos ou irónicos da comunidade europeia. Que vos parece, que ideia vos dá o animal, decidiu-se o rei a perguntar ao secretário, ansiando por uma tábua de salvação que unicamente dali lhe poderia vir, Bonito ou feio, meu senhor, são meras expressões relativas, para a coruja até os seus corujinhos são bonitos, o que eu estou a ver daqui, para tomar este caso particular de uma lei geral, é um magnífico exemplar de elefante asiático, com todos os pêlos e pintas a que está obrigado pela sua natureza e que encantará o arquiduque e deslumbrará não só a corte e população de viena como, por onde quer que passe, o gentio comum. O rei suspirou de alívio, Suponho que terá razão, Espero tê-la, meu senhor, se da outra natureza, a humana, conheço alguma coisa, e, se vossa alteza mo permite, atrever-me-ia ainda a dizer que este elefante com pêlos e pintas irá converter-se num instrumento político de primeira ordem para o arquiduque de áustria, se ele é tão astuto como deduzo das provas que até agora tem dado, Ajudai-me a descer, esta conversa fez-me tonturas. Com a ajuda do secretário e dos dois pajens, o rei logrou descer sem maiores dificuldades os poucos degraus que havia subido. Respirou fundo quando sentiu terra firme debaixo dos pés e, sem motivo aparente, salvo, digamos talvez, já que é ainda demasiado cedo para sabê-lo de ciência certa, a súbita oxigenação do sangue e o consequente renovo da circulação nos interiores da cabeça, fê-lo pensar em algo que em circunstâncias normais seguramente nunca lhe ocorreria. E foi, Este homem não pode ir para viena em semelhante figura, coberto de andrajos, ordeno que lhe façam dois fatos, um para o trabalho, para quando tiver que andar em cima do elefante, e outro de representação social para não fazer má figura na corte austríaca, sem luxo, mas digno do país que o manda lá, Assim se fará, meu senhor, E, a propósito, como se chama ele. Despachou-se um pajem a sabê-lo, e a resposta, transmitida pelo secretário, deu mais ou menos o seguinte, Subhro. Subro, repetiu o rei, que diabo de nome é esse, Com agá, meu senhor, pelo menos foi o que ele disse, aclarou o secretário, Devíamos ter-lhe chamado Joaquim quando chegou a Portugal, resmungou o rei.

Três dias depois, pela tardinha, o estribeiro-mor, à frente da sua escolta, bastante menos luzida agora graças à sujeira dos caminhos e aos inevitáveis e mal-cheirosos suores, tanto os equinos como os humanos, desmontou à porta do palácio, sacudiu-se da poeira, subiu a escada e entrou na antecâmara que pressurosamente acorreu a indicar-lhe o lacaio-mor, título que, melhor é que o confessemos já, não sabemos se realmente existiu naquele tempo, mas que nos pareceu adequado pela composição do olor corporal, um misto de presunção e falsa humildade, que em volutas se desprendia da personagem. Ansioso por conhecer a resposta do arquiduque, o rei recebeu imediatamente o recém-chegado. A rainha catarina estava presente no salão de aparato, o que, considerando a transcendência do momento, a ninguém deverá surpreender, mormente sabendo-se que, por decisão do rei seu marido, ela participa regularmente nas reuniões de estado, onde nunca se comportou como passiva espectadora. Havia outra razão para querer ouvir a leitura da carta logo à sua chegada, a rainha alimentava a vaga esperança, embora não lhe parecesse plausível a hipótese, de que a missiva do arquiduque maximiliano viesse escrita em alemão, caso em que a mais bem colocada das tradutoras já estaria ali, por assim dizer à mão de semear, pronta para o serviço. Neste meio--tempo, o rei havia recebido o rolo das mãos do estribeiro-mor, ele próprio o desenrolou depois de lhe desatar as fitas seladas com as armas do arquiduque, mas foi suficiente um simples relance de olhos para perceber que vinha escrita em latim. Ora, dom joão, o terceiro de portugal com este nome, embora não ignorante em latinações, porque estudos tivera-os no tempo da sua juventude, tinha perfeita consciência de que as inevitáveis dúvidas, as pausas demasiado prolongadas, os mais que prováveis erros de interpretação, iriam dar aos presentes uma mísera e afinal não merecida imagem da sua real figura. Com a agilidade de espírito que já lhe conhecemos e a consequente fluidez de reflexos, o secretário tinha dado dois passos discretos em frente e esperava. Em tom natural, como se a marcação da cena tivesse sido ensaiada antes, o rei disse, O senhor secretário fará a leitura, traduzindo ao português a mensagem na qual o nosso amado primo maximiliano certamente responde à oferta do elefante salomão, parece-me dispensável fazer leitura integral da carta, basta que neste momento conheçamos o essencial dela, Assim se fará, meu senhor. O secretário passeou os olhos pelas extensas e redundantes fórmulas de cortesia que o estilo epistolar do tempo fazia proliferar como cogumelos depois da chuva, procurou mais abaixo e encontrou. Não traduziu, anunciou apenas, O arquiduque maximiliano de áustria aceita e agradece a oferta do rei de portugal. No real rosto, entre a massa pilosa formada pela barba e pelo bigode, espreitou um sorriso de satisfação. A rainha sorriu também, ao mesmo tempo que juntava as mãos num gesto de agradecimento que, passando em primeiro lugar pelo arquiduque maximiliano de áustria, tinha a deus todo-poderoso como último destinatário. As contradições que andavam a digladiar-se no íntimo da rainha haviam chegado a uma síntese, a mais banal de todas, ou seja, que ninguém foge ao seu destino. Tomando novamente a palavra, o secretário deu a conhecer, numa voz em que a gravidade monacal do latim parecia ressoar na elocução do português corrente em que se expressava, outras disposições que a carta continha, Diz que não tem claro em que altura partirá para viena, talvez aí por meados de outubro, mas não é certo, E nós estamos nos princípios de agosto, anunciou desnecessariamente a rainha, Também diz o arquiduque, meu senhor, que vossa alteza, querendo, não necessita ficar à espera de que se aproxime a data da partida para enviar o solimão a valladolid, Que solimão é esse, perguntou, enxofrado, o rei, ainda não tem lá o elefante e já lhe quer mudar o nome, Solimão, o magnífico, meu senhor, o sultão otomano, Não sei o que faria eu sem si, senhor secretário, como conseguiria saber quem é esse tal solimão se a sua brilhante memória não estivesse aí para me ilustrar e orientar a toda a hora, Peço perdão, meu senhor, disse o secretário. Houve um silêncio embaraçoso em que todos os presentes evitaram olhar-se. A cara do funcionário, depois de um afluxo rápido de sangue, estava agora lívida. Sou eu quem deve pedir perdão, disse o rei, e peço-lho sem nenhum constrangimento, salvo o da minha consciência, Meu senhor, balbuciou pêro de alcáçova carneiro, não sou ninguém para lhe perdoar seja o que for, É o meu secretário, a quem acabo de faltar ao respeito, Por favor, meu senhor. O rei fez um gesto a impor silêncio, e finalmente disse, Salomão, que assim continuará a chamar-se enquanto aqui estiver, não imagina as perturbações que tem originado entre nós a partir do dia em que decidi dá-lo ao arquiduque, creio que, no fundo, ninguém aqui quer que ele se vá, estranho caso, não é gato que se roce nas nossas pernas, não é cão que nos olhe como se fôssemos o seu criador, e, no entanto, aqui estamos aflitos, quase em desespero, como se algo nos estivesse a ser arrancado, Ninguém o teria expressado melhor que vossa alteza, disse o secretário, Regressemos à questão, em que ponto tínhamos ficado nesta história do envio de salomão a valladolid, perguntou o rei, Escreve o arquiduque que seria bom que ele não tardasse demasiado a fim de se ir habituando à mudança das pessoas e do ambiente, a palavra latina utilizada não significa exactamente isso, mas é o melhor que posso encontrar agora, Não será preciso dar-lhe mais voltas, nós compreendemos, disse o rei. Depois de um minuto de reflexão acrescentou, O senhor estribeiro-mor tomará a responsabilidade de organizar a expedição, dois homens para ajudarem o cornaca no seu trabalho, uns quantos mais para se encarregarem do abastecimento de água e de forragens, um carro de bois para o que for necessário, transportar a dorna, por exemplo, ainda que seja certo que no nosso portugal não vão faltar rios nem ribeiras onde o salomão possa beber e chafurdar, o pior é essa maldita castela, seca e resseca como um osso exposto ao sol, e, em remate, um pelotão de cavalaria para o improvável caso de alguém pretender roubar o nosso salomãozinho, o senhor estribeiro-mor irá informando do andamento do assunto o senhor secretário de estado, a quem peço desculpa por estar a metê-lo nestas trivialidades, Não são trivialidades, meu senhor, como secretário, este assunto diz-me particularmente respeito porque o que aqui estamos fazendo é nada mais nada menos que alienar um bem do estado, Salomão nunca deve ter pensado que era um bem do estado, disse o rei com um meio sorriso, Bastaria que tivesse percebido que a água e a forragem não lhe caíam do céu, meu senhor, A mim, interveio a rainha, ordeno e mando que ninguém se lembre de me vir comunicar que o salomão já se foi embora, eu o perguntarei quando entender, e então me darão a resposta. A última palavra mal se percebeu, como se o choro, subitamente, tivesse constringido a real garganta. Uma rainha a chorar é um espectáculo de que, por decência, todos estamos obrigados a desviar os olhos. Assim o fizeram o rei, o secretário de estado e o estribeiro-mor. Depois, quando ela já havia saído e tinha deixado de ouvir-se o ruído das suas saias varrendo o chão, o rei lembrou, Era o que eu dizia, não queremos que salomão se vá, Vossa alteza ainda está a tempo de se arrepender, disse o secretário, Arrependido estou, creio, mas o tempo acabou-se, salomão já vai a caminho, Vossa alteza tem questões mais importantes a tratar, não permita que um elefante se torne em centro das suas preocupações, Como se chama o cornaca, perguntou subitamente o rei, Subhro, creio, senhor, Que significa, Não sei, mas poderei perguntar-lho, Pergunte-lhe, quero saber em que mãos vai ficar salomão, As mesmas em que já estava antes, meu senhor, permita que lhe recorde que o elefante veio da índia com este cornaca, É diferente estar longe ou estar perto, até hoje nunca me tinha importado saber como se chamava o homem, agora sim, Compreendo-o, meu senhor, É o que me agrada na sua pessoa, não precisa que lhe digam as palavras todas para perceber de quê se está falando, Tive um bom mestre em meu pai e vossa alteza não o é somenos, À primeira vista o elogio não vale grande coisa, mas sendo seu pai a medida dou-me por satisfeito, Permite vossa alteza que me retire, perguntou o secretário, Vá, vá ao seu trabalho, e não se esqueça das roupas novas para o cornaca, como disse que se chamava ele, Subhro, meu senhor, com agá, Bem.

Aos dez dias desta conversação, ainda o sol mal apontava no horizonte, salomão saía do cercado onde durante dois anos malvivera. A caravana era a que havia sido anunciada, o cornaca, que presidia, lá no alto, sentado nos ombros do animal, os dois homens para o ajudarem no que viesse a ser preciso, os outros que deveriam assegurar o abastecimento, o carro de bois com a dorna da água, que os acidentes do caminho constantemente faziam ir e vir de um lado a outro, e um gigantesco carregamento de fardos de forragem variada, o pelotão de cavalaria que responderia pela segurança da viagem e a chegada de todos a bom porto, e, por fim, algo de que o rei não se tinha lembrado, um carro da intendência das forças armadas puxado por duas mulas. A hora, tão matutina, e o segredo com que havia sido organizada a saída, explicavam a ausência de curiosos e outras testemunhas, havendo que ressalvar, no entanto, a presença de uma carruagem do paço que se pôs em movimento na direcção de lisboa quando elefante e companhia desapareceram na primeira curva da estrada. Dentro, iam o rei de portugal, dom joão, o terceiro, e o seu secretário de estado, pêro de alcáçova carneiro, a quem talvez não vejamos mais, ou talvez sim, porque a vida ri-se das previsões e põe palavras onde imaginámos silêncios, e súbitos regressos quando pensámos que não voltaríamos a encontrar-nos. Esqueci-me do significado do nome do cornaca, como era ele, estava perguntando o rei, Branco, meu senhor, subhro significa branco, ainda que não o pareça. Numa câmara do palácio, na meia escuridão do dossel, a rainha dorme e tem um pesadelo. Sonha que levaram o salomão de belém, sonha que pergunta a todas as pessoas, Por que não me haveis avisado, mas, quando se decidir a acordar, a meio da manhã, não repetirá a pergunta nem saberá dizer se, por sua iniciativa, a fará alguma vez. Pode acontecer que dentro de dois ou três anos alguém, casualmente, pronuncie diante de si a palavra elefante, e então, sim, então a rainha de portugal, catarina de áustria, perguntará, Já que se fala de elefante, que é feito do salomão, ainda está em belém ou já o despacharam para viena, e quando lhe responderem que, embora estando em viena, o que sim está é numa espécie de jardim zoológico com outros animais selvagens, dirá, fazendo-se desentendida, Que sorte acabou por ter esse animal, a gozar a vida na cidade mais bela do mundo, e eu aqui, entalada entre hoje e o futuro, e sem esperança em nenhum dos dois. O rei, se estiver presente, fará de conta que não ouviu, e o secretário de estado, o mesmo pêro de alcáçova carneiro que já conhecemos, embora não seja pessoa de rezos, baste recordar o que disse da inquisição e sobretudo o que achou prudente calar, lançará uma súplica muda aos céus para que cubram o elefante com um espesso manto de olvido que lhe modifique as formas e o confunda, nas imaginações preguiçosas, com um dromedário qualquer, bicho também de raro aspecto, ou com um qualquer camelo, a quem a fatalidade de carregar com duas bossas realmente não favorece, e muito menos lisonjeia a memória de quem se interesse por estas insignificantes histórias. O passado é um imenso pedregal que muitos gostariam de percorrer como se de uma auto-estrada se tratasse, enquanto outros, pacientemente, vão de pedra em pedra, e as levantam, porque precisam de saber o que há por baixo delas. Às vezes saem-lhes lacraus ou escolopendras, grossas roscas brancas ou crisálidas a ponto, mas não é impossível que, ao menos uma vez, apareça um elefante, e que esse elefante traga sobre os ombros um cornaca chamado subhro, nome que significa branco, palavra esta totalmente desajustada em relação à figura que, à vista do rei de portugal e do seu secretário de estado, se apresentou no cercado de belém, imunda como o elefante que deveria cuidar. Há razões para compreender aquele ditado que sabiamente nos avisa de que no melhor pano pode cair a nódoa, e isso foi o que sucedeu ao cornaca e ao seu elefante. Quando foram para ali lançados, a curiosidade popular subiu ao rubro e a própria corte chegou a organizar selectas excursões a belém de fidalgos e fidalgas, de damas e cavalheiros para verem o paquiderme, mas em pouco tempo o interesse começou a decair, e o resultado viu-se, as roupas indianas do cornaca transformaram-se em farrapos e os pêlos e as pintas do elefante quase vieram a desaparecer sob a crosta de sujidade acumulada durante dois anos. Não é, porém, a situação de agora. Tirando a infalível poeira dos caminhos que já lhe vem sujando as patas até metade, salomão avança airoso e limpo como uma patena, e o cornaca, embora sem as coloridas roupas indianas, reluz no seu novo fato de trabalho que, ainda por cima, fosse por esquecimento, fosse por generosidade, não teve de pagar. Escarranchado sobre o encaixe do pescoço com o tronco maciço de salomão, manejando o bastão com que conduz a montada, quer por meio de leves toques quer com castigadoras pontoadas que fazem mossa na pele dura, o cornaca subhro, ou branco, prepara-se para ser a segunda ou terceira figura desta história, sendo a primeira, por natural primazia e obrigado protagonismo, o elefante salomão, e vindo depois, disputando em valias, ora este, ora aquele, ora por isto, ora por aquilo, o dito subhro e o arquiduque. Porém, quem neste momento leva a voz cantante é o cornaca. Olhando a um lado e a outro a caravana, percebeu nela um certo desalinho, compreensível se levarmos em conta a diversidade de animais que a compõem, isto é, elefante, homens, cavalos, mulas e bois, cada um com a sua andadura própria, tanto natural como forçada, pois está claro que nesta viagem ninguém poderá ir mais depressa que o mais vagaroso, e esse, já se sabe, é o boi. Os bois, disse subhro, subitamente alarmado, onde estão os bois. Não se via sombra deles nem da pesada carga que arrastavam, a dorna cheia de água, os fardos de forragens. Ficaram para trás, pensou, tranquilizando-se, não há outro remédio que esperar. Preparava-se para se deixar escorregar do elefante, mas desistiu. Podia ter necessidade de voltar a subir, e não o conseguir. Em princípio, era o próprio elefante que o levantava com a tromba e praticamente o depunha no assento. Contudo, a prudência mandava prever aquelas situações em que o animal, por má disposição, por irritação, ou só para contrariar, se negasse a prestar serviço de ascensor, e aí é que a escada entraria em acção, embora fosse difícil de crer que um elefante enfadado aceitasse tornar-se num simples ponto de apoio e permitir, sem qualquer tipo de resistência, a subida do cornaca ou de quem quer que fosse. O valor da escada era meramente simbólico, como um relicário ao peito ou uma medalhinha com a figura de uma santa qualquer. Neste caso, de toda a maneira, a escada não podia valer-lhe, vinha no carro dos atrasados. Subhro chamou um dos seus ajudantes para que fosse avisar o comandante do pelotão de cavalaria de que teriam de esperar pelo carro de bois. O descanso faria bem aos cavalos, que, verdade se diga, também não haviam tido que esforçar-se muito, nem um só galope, nem um só trote, tudo em passinho curto desde lisboa. Nada que se parecesse à expedição do estribeiro-mor a valladolid, ainda na memória de alguns dos que ali iam, veteranos dessa heróica cavalgada. Os cavaleiros desmontaram, os homens de a pé sentaram-se ou deitaram-se no chão, não poucos aproveitaram para dormir. Empoleirado no elefante, o cornaca deitou contas à viagem e não ficou satisfeito. A julgar pela altura do sol, deviam ter andado umas três horas, maneira de dizer demasiado conciliatória porque uma parte não pequena desse tempo tinha-a gasto salomão a tomar banhos no tejo, alternando-os com voluptuosas chafurdices na lama, o que, por sua vez, era motivo, segundo a lógica elefantina, para novos e mais prolongados banhos. Era evidente que salomão estava excitado, nervoso, lidar com ele ia necessitar muita paciência, sobretudo não o tomar demasiado a sério. Devemos ter perdido uma hora com as traquinices do salomão, pensou o cornaca, e depois, passando duma reflexão sobre o tempo a uma meditação sobre o espaço, Quanto caminho teremos feito, uma légua, duas, perguntou-se. Cruel dúvida, transcendente questão. Se estivéssemos ainda entre os antigos gregos e romanos, diríamos, com a tranquilidade que sempre conferem os saberes adquiridos na vida prática, que as grandes medidas itinerárias eram, nessa época, o estádio, a milha e a légua. Deixando em paz o estádio e a milha, com a sua divisão em pés e passos, fixemo-nos na légua, que foi a palavra que subhro empregou, distância que também se compunha de passos e pés, mas que tem a enorme vantagem de nos colocar em terra conhecida. Ora, ora, léguas toda a gente sabe o que são, dirão com o inevitável sorriso de ironia fácil os contemporâneos que nos couberam em sorte. A melhor resposta que podemos dar-lhes é a seguinte, Sim, também toda a gente o sabia na época em que viveu, mas só e unicamente na época em que viveu. A velha palavra légua, ou leuga, que, dir-se-ia, parecia igual para todos e por todos os tempos, por exemplo, fez uma longa viagem desde os sete mil e quinhentos pés ou mil e quinhentos passos que teve entre os romanos e a baixa idade média até aos quilómetros e metros em que hoje dividimos a distância, nada menos que cinco e cinco mil, respectivamente. Encontraríamos casos similares em qualquer área de medição. E para não deixarmos a afirmação sem prova, contemplemos o almude, medida de capacidade que se dividia em doze canadas ou quarenta e oito quartilhos, e que em lisboa equivalia, números redondos, a dezasseis litros e meio, e, no porto, a vinte e cinco litros. E como se entendiam eles, perguntará o leitor curioso e amante do saber, E como nos entenderemos nós, pergunta, fugindo à resposta, quem à conversação trouxe este assunto de pesos e medidas. O qual, uma vez exposto com esta meridiana clareza, nos permitirá adoptar uma decisão absolutamente crucial, de certa maneira revolucionária, a saber, enquanto o cornaca e os que o acompanham, porque não teriam outra maneira de entender-se, irão continuar a falar de distâncias de acordo com os usos e costumes do seu tempo, nós, para que possamos perceber o que ali se vai passando nesta matéria, usaremos as nossas modernas medidas itinerárias, sem ter de recorrer constantemente a fastidiosas tábuas de conversão. No fundo, será, como se num filme, desconhecido naquele século dezasseis, estivéssemos a colar legendas na nossa língua para suprir a ignorância ou um insuficiente conhecimento da língua falada pelos actores. Teremos portanto neste relato dois discursos paralelos que nunca se encontrarão, um, este, que poderemos seguir sem dificuldade, e outro que, a partir deste momento, entra no silêncio. Interessante solução.

Todas estas observações, ponderações e cogitações levaram o cornaca a descer finalmente do elefante, escorregando-lhe pela tromba, e a encaminhar-se com voluntarioso passo para o pelotão de cavalaria. Era fácil distinguir onde se encontrava o comandante. Havia ali uma espécie de toldo que estaria protegendo do castigador sol de agosto uma personagem, logo a conclusão era facílima de tirar, se havia um toldo, havia um comandante debaixo dele, se havia um comandante, teria de haver um toldo para o tapar. O cornaca levava uma ideia que não sabia bem como introduzir na conversação, mas o comandante, sem o saber, facilitou-lhe o trabalho, Então esses bois, aparecem ou não aparecem, perguntou, Saiba vossa senhoria que ainda não os vejo, mas pelo tempo devem estar a chegar, Esperemos que assim seja. O cornaca respirou fundo e disse com a voz rouca de emoção, Se vossa senhoria mo permite, tive uma ideia, Se já a tiveste não precisas da minha permissão, Vossa senhoria tem razão, mas eu, o português, falo-o mal, Diz lá então qual é a ideia, A nossa dificuldade está nos bois, Sim, ainda não apareceram, O que quero dizer a vossa senhoria é que o problema continuará mesmo depois de terem aparecido, Porquê, Porque os bois andam devagar por natureza, meu senhor, Até aí, sei eu, e não precisei de nenhum indiano, Se tivéssemos uma outra junta de bois e a engatássemos ao carro à frente da que está, andaríamos com certeza mais depressa e todos ao mesmo, A ideia parece-me boa, mas onde vamos nós arranjar uma junta de bois, Há por aí aldeias, meu comandante. O comandante franziu a testa, não podia negar que haveria por ali aldeias, podia-se comprar uma junta de bois. Comprar, perguntou-se, nada disso, requisitam-se os bois em nome do rei e à volta de valladolid deixamo-los cá, em tão bom estado como espero que estejam agora. Ouviu-se um clamor, os bois tinham aparecido finalmente, os homens aplaudiam e até o elefante levantou a tromba e soltou um barrito de satisfação. A má vista não lhe permitia distinguir os fardos de forragens lá ao longe, mas na imensa caverna do seu estômago ecoavam os protestos de que eram mais do que horas de comer. Isto não significa que os elefantes devam alimentar-se a horas certas como aos seres humanos se diz que lhes convém pelo bem que faz à saúde. Por assombroso que pareça, um elefante necessita diariamente cerca de duzentos litros de água e entre cento e cinquenta e trezentos quilos de vegetais. Não podemos portanto imaginá-lo de guardanapo ao pescoço, sentado à mesa, fazendo as suas três refeições diárias, um elefante come o que pode, quanto pode e onde pode, e o seu princípio é não deixar nada para trás que possa vir a fazer-lhe falta depois. Foi preciso esperar ainda quase meia hora antes que o carro de bois chegasse. Neste meio-tempo, o comandante deu ordem de bivacar, mas foi necessário procurar para tal um sítio menos castigado pelo sol, antes que militares e paisanos se vissem transformados em torresmos. Havia a uns quinhentos metros uma pequena mata de choupos e foi para lá que se encaminhou a companhia. As sombras eram ralas, mas melhor esse pouco que permanecer a assar sob a inclemente chapa do astro-rei. Os homens que tinham vindo para trabalhar, e a quem até agora não se lhes tinha ordenado grande coisa, para não dizer nada de nada, traziam a sua comida nos alforges ou nos barretes, o mesmo de sempre, um grosso pedaço de pão, umas sardinhas secas, umas passas de figo, um naco de queijo de cabra, daquele que quando endurece fica como uma pedra, e que, em rigor, não se deixa mastigar, vamo-lo roendo pacientemente, com a vantagem de desfrutar por mais tempo do sabor do manjar. Quanto aos militares, lá tinham o seu arranjo. Um soldado de cavalaria que, de espada desembainhada ou lança em riste, galopa à carga contra o inimigo, ou que simplesmente vai levar um elefante a valladolid, não tem que se preocupar com os assuntos de intendência. Não lhe interessa perguntar donde veio a comida nem quem a preparou, o que conta é que a malga venha cheia e o caldo não seja de todo intragável. Dispersos, em grupos, já toda a gente está ocupada nas suas actividades masticatórias e deglutivas, só falta salomão. Subhro, o cornaca, mandou levar dois fardos de forragens para onde ele está esperando a vez, desatá-los e deixá-lo tranquilo, Se for necessário, leva-se-lhe outro fardo, disse. Esta descrição, que a muitos parecerá despicienda pela excessiva pormenorização a que deliberadamente recorremos, tem um fim útil, o de activar a mente de subhro para que chegue a uma conclusão optimista sobre o futuro da viagem, Uma vez que, pensou ele finalmente, salomão terá de comer pelo menos três ou quatro fardos por dia, o peso da carga ir-se-á aliviando, e se, ainda por cima, conseguirmos a tal junta de bois, então, por muitas montanhas que nos saltem ao caminho não vai haver quem nos apanhe. Com as boas ideias, e às vezes também com as más, passa-se o mesmo que se passava com os átomos de demócrito ou com as cerejas da cesta, vêm enganchadas umas nas outras. Ao imaginar os bois a puxar o carro por uma ladeira empinada, subhro percebeu que tinha sido cometido um erro na composição original da caravana e que esse erro não havia sido corrigido durante todo o tempo que a caminhada havia durado, falta de que se considerava responsável. Os trinta homens que tinham vindo como ajudas, subhro deu-se ao trabalho de os contar um por um, não tinham feito nada desde a saída de lisboa, salvo aproveitar a manhã para um passeio ao campo. Para desatar e arrastar os fardos de forragens seriam mais que suficientes os auxiliares directos, e, em caso de necessidade, ele próprio poderia dar uma mão. Que fazer então, mandá-los para trás, livrar-me deste peso, perguntou-se subhro. A ideia seria boa se não houvesse outra melhor. O pensamento abriu um sorriso resplandecente na cara do cornaca. Deu um grito a chamar os homens, reuniu-os diante de si, alguns ainda vinham a mastigar o último figo seco, e disse--lhes, A partir de agora, divididos em dois grupos, vocês aí e vocês aí, passam a dar ajuda ao carro de bois, puxando e empurrando, está visto que a carga é demasiada para os animais, que além disso são vagarosos por natureza, de dois em dois quilómetros os grupos revezam-se, este será o vosso principal trabalho até chegarmos a valladolid. Houve um murmúrio que tinha todo o ar de descontentamento, mas subhro fez de conta que não ouvira, e continuou, Cada grupo será governado por um capataz, que, além de responder perante mim pelos bons resultados do trabalho, terá de manter a disciplina e desenvolver o espírito de coesão sempre necessários a qualquer tarefa colectiva. A linguagem não devia ter agradado aos ouvintes, pois o murmúrio repetiu-se. Muito bem, disse subhro, se alguém não estiver satisfeito com as ordens que acabo de dar, dirija-se ao comandante, ele é a suprema autoridade aqui, como representante do rei. O ar pareceu ter arrefecido de repente, o murmúrio foi substituído por um arrastar contrafeito de pés. Subhro perguntou, Quem se propõe para capataz. Levantaram-se três mãos hesitantes, e o cornaca precisou, Dois capatazes, não três. Uma das mãos encolheu-se, desapareceu, as outras permaneceram levantadas. Tu e tu, apontou subhro, escolham os vossos homens, mas façam-no de uma maneira equitativa, a fim de que as forças dos dois grupos fiquem equilibradas, e agora toca a dispersar, necessito falar com o comandante. Antes, porém, ainda foi obrigado a atender um dos seus auxiliares, que se tinha aproximado para informar que haviam aberto outro fardo de forragem, mas que salomão parecia satisfeito e, segundo todos os indícios, com vontade de dormir, Não admira, comeu bem e esta costuma ser a hora da sua sesta, O pior é que bebeu quase toda a água da dorna, Depois de ter comido tanto, é natural, Podíamos levar os bois até ao rio, deve haver por aí um caminho, Ele não beberia, a água, a esta altura do rio, ainda é salgada, Como sabe, perguntou o auxiliar, Salomão banhou-se uma quantidade de vezes, a última aqui perto, e nunca mergulhou a tromba para beber, Se a água do mar chega até onde estamos, isso mostra o pouco que andámos, É certo, mas, a partir de hoje, podes ter a certeza de que iremos mais depressa, palavra de cornaca. Deixando atrás este solene compromisso, subhro foi à procura do comandante. Encontrou-o a dormir à sombra de um choupo mais ramalhudo, com aquele sono leve que distingue o bom soldado, pronto a saltar sobre as suas armas ao mínimo ruído suspeito. Faziam-lhe guarda dois militares que, com um gesto imperativo, mandaram parar subhro. Este fez sinal de que havia compreendido e sentou-se no chão, à espera. O comandante acordou meia hora depois, espreguiçou-se e bocejou, tornou a bocejar, tornou a espreguiçar-se, até que se sentiu efectivamente acordado para a vida. Mesmo assim teve de afirmar-se segunda vez para ver que o cornaca estava ali, Que queres agora, perguntou em voz rouca, não me digas que tiveste outras ideias, Saiba vossa senhoria que sim, Dize lá, Dividi os homens em dois grupos, que, de dois em dois quilómetros, alternadamente, passarão a ajudar os bois, quinze homens de cada vez a empurrar o carro, vai-se notar a diferença, Bem pensado, não há dúvida, vejo que o que trazes em cima dos ombros te serve para alguma coisa, quem vai ficar a ganhar são os meus cavalos, que poderão trotar de vez em quando, em lugar de irem naquela pasmaceira de passo de parada, Saiba vossa senhoria que também pensei nisso, E pensaste em mais alguma coisa, leio-to na cara, perguntou o comandante, Saiba vossa senhoria que sim, Vamos lá ver, A minha ideia é que deveríamos organizar-nos em função dos hábitos e necessidades do salomão, agora mesmo, repare vossa senhoria, está a dormir, se o acordássemos ficaria irritado e só nos daria trabalhos, Mas como pode ele dormir, se está em pé, perguntou incrédulo o comandante, Às vezes deita-se para dormir, mas o normal é que o faça em pé, Creio que nunca entenderei os elefantes, Saiba vossa senhoria que eu vivo com eles quase desde que nasci e ainda não consegui entendê-los, E isso porquê, Talvez porque o elefante seja muito mais que um elefante, Basta de conversa, É que ainda tinha uma outra ideia para apresentar, meu comandante, Outra ideia, riu o militar, afinal tu não és um cornaca, és uma cornucópia, Favores de vossa senhoria, Que mais é que produziste nessa tua cabeça privilegiada, Pensei que iríamos bem organizados se vossa senhoria fosse atrás com os soldados a fechar a caravana, indo à frente o carro de bois por ser ele que marca o passo do andamento, depois eu com o elefante, a seguir, os de a pé, e o carro da intendência, Muito bem, a isso se chama uma ideia, Assim me pareceu, Uma ideia estúpida, quero eu dizer, Porquê, perguntou subhro, melindrado, sem se dar conta da gravíssima falta de educação, uma autêntica ofensa, que a interpelação directa representava, Porque eu e os meus soldados iríamos a comer a poeira que as patas de vocês todos fossem levantando, Ah, que vergonha, deveria ter pensado nisso e não pensei, rogo a vossa senhoria, por todos os santos da corte do céu, que me perdoe, Assim poderemos fazer uma galopada de vez em quando e esperar lá à frente que vocês cheguem, Sim, meu senhor, é a solução perfeita, permitis que me retire, perguntou subhro, Ainda

tenho duas questões a tratar contigo, a primeira é que se voltas a perguntar-me porquê, no tom em que o fizeste agora, darei ordem para que te dêem uma boa ração de chicote no lombo, Sim senhor, murmurou subhro, de cabeça baixa, A segunda tem que ver com essa tua cabecinha e com a viagem que ainda mal começou, se nesse bestunto ainda tens uns restos de ideias aproveitáveis, apreciaria saber se é de tua vontade que fiquemos aqui eternamente, até à consumação dos séculos, Salomão ainda dorme, meu comandante, Então agora quem governa aqui é o elefante, perguntou o militar entre irritado e divertido, Não, meu comandante, decerto recordareis ter-vos dito que nos deveríamos organizar em função, confesso que não sei de onde me saiu esta palavra, dos hábitos e necessidades de salomão, Sim, e quê, perguntou o comandante, que já perdia a paciência, É que, meu comandante, salomão, para estar bem, para que possamos entregá-lo com boa saúde ao arquiduque de áustria, terá de descansar nas horas de calor, De acordo, respondeu o comandante, levemente perturbado com a referência ao arquiduque, mas a verdade é que ele não tem feito outra coisa em todo o santo dia, Este dia não conta, meu comandante, foi o primeiro, e já se sabe que no primeiro dia as coisas sempre correm mal, Então, que fazemos, Dividimos os dias em três partes, a primeira, desde manhã cedo, e a terceira, até ao sol-
-pôr, para avançarmos o mais depressa que pudermos, a segunda, esta em que estamos, para comer e descansar, Parece-me um bom programa, disse o comandan-

te, optando pela benevolência. A mudança de tom animou o cornaca a expressar a inquietação que o viera atormentando durante todo o dia, Meu comandante, há algo nesta viagem que não entendo, Que é que não entendes, Em todo o caminho não nos cruzámos com ninguém, em minha modesta opinião não é normal, Estás enganado, cruzámo-nos com bastantes pessoas, tanto de uma direcção como da outra, Como, se eu não as vi, perguntou subhro com os olhos arregalados de espanto, Estavas a dar banho ao elefante, Quer dizer que de cada vez que salomão se estava banhando passaram pessoas, Não me faças repetir, Estranha coincidência, até parece que salomão não quer que o vejam, Pode ser, sim, Mas agora, estando nós aqui acampados há não poucas horas, também não passou ninguém, Aí a razão é outra, a gente vê o elefante de longe, como uma abantesma, e volta para trás ou mete por atalhos, se calhar julgam que é algum enviado do diabo, Sinto a cabeça a doer-me, até cheguei a pensar que el-rei nosso senhor tivesse mandado despejar os caminhos, Não és assim tão importante, cornaca, Eu, não, mas salomão, sim. O comandante preferiu não responder ao que parecia o princípio de uma nova discussão e disse, Antes que te vás quero fazer-te uma pergunta, Sou todo ouvidos, Lembras-te de teres invocado há bocado todos os santos da corte do céu, Sim, meu comandante, Quer isso dizer que és cristão, pensa bem antes de responderes, Mais ou menos, meu comandante, mais ou menos.

Lua cheia, luar de agosto. Com excepção das duas sentinelas que, montadas nos seus cavalos, sem outro ruído que o ranger dos arreios, fazem a ronda do acampamento, toda a caravana dorme. Gozam de um descanso mais que merecido. Depois de terem dado, durante a primeira parte do dia, a má impressão de um bando de vadios e preguiçosos, os homens alistados para empurrar o carro de bois tinham--se metido em brios e dado uma autêntica lição de profissionalismo. É certo que o terreno plano havia ajudado muito, mas podia-se apostar, com a certeza de ganhar, que na venerável história daquele carro de bois nunca houvera outra jornada assim. Nas três horas e meia que a corrida durou, e apesar de alguns breves descansos, andaram mais de dezassete quilómetros. Este foi o número finalmente apontado pelo comandante do pelotão depois de uma viva troca de palavras com o cornaca subhro, que achava que não tinham sido tantos e que não valia a pena estarem a enganar-se a si mesmos. O comandante achava que sim, que era estimulante para os homens, Que importância tem que tivéssemos andado só catorze, os três que faltam andá-los-emos amanhã e no final vais ver que tudo baterá certo. O cornaca desistiu de convencê-lo, Foi o melhor que eu podia fazer, se as contas falsas dele prevalecerem, isso não alterará a realidade dos quilómetros que realmente tivermos percorrido, não discutas com quem manda, subhro, aprende a viver.

Havia acabado de acordar, ainda com a impressão de ter tido uma dor aguda no ventre enquanto dormia, mas não lhe parecia que ela se fosse repetir, porém sentia o interior suspeitosamente alvoroçado, uns borborigmos surdos nos intestinos, e, de repente, a dor regressou como uma punhalada. Levantou-se como pôde, fez sinal à sentinela mais próxima de que ia ali e já vinha, e começou a subir, em direcção a um renque basto de árvores, a pendente suave em que tinham acampado, tão suave que era como se estivessem estendidos numa cama com a parte da cabeceira ligeiramente levantada. Chegou no último segundo. Desviemos a vista enquanto ele se livra da roupa, que, milagrosamente, ainda não sujou, e esperemos que levante a cabeça para ver o que nós já vimos, aquela aldeia banhada pelo maravilhoso luar de agosto que modelava todos os relevos, amaciava as próprias sombras que havia criado, e ao mesmo tempo fazia resplandecer as zonas que iluminava. A voz que estávamos aguardando manifestou-se finalmente, Uma aldeia, uma aldeia. Provavelmente por virem cansados, ninguém tivera a lembrança de subir a pendente para ver o que haveria do outro lado. É certo que é sempre tempo de ver uma aldeia, se não for uma é outra, mas é duvidoso que logo à primeira que se encontra tenhamos à nossa espera uma potente junta de bois, capaz de endireitar a torre de pisa com um só puxão. Aliviado da maior, o cornaca limpou-se o melhor que pôde com as ervas que cresciam ao redor, muita sorte teve de não haver por ali sempre-noivas, também chamadas sanguinárias, que essas o fariam saltar como se sofresse da dança de são vito, tais seriam os ardores e os picores que lhe atacariam a delicada mucosa inferior. Uma nuvem grossa tapou a lua, e a aldeia tornou-se de súbito negra, sumiu-se como um sonho na obscuridade circundante. Não importava, o sol romperia à sua hora e mostraria o caminho para o estábulo, onde os bois, agora ruminando, tinham pressentimentos de mudança de vida. Subhro atravessou o espesso renque de árvores e regressou ao seu lugar na camarata comum. Em caminho, pensou que se o comandante estivesse acordado lhe daria, para falar em termos planetários, a maior satisfação do mundo. E a glória de ter descoberto a aldeia seria minha, murmurou. Porque não valia a pena alimentar ilusões. Durante o que ainda faltava passar da noite outros homens podiam ter necessidade de dar de corpo e o único sítio onde o poderiam fazer com discrição era no meio daquelas árvores, mas, supondo que tal não viesse a suceder, então será só esperar que amanheça para assistirmos ao desfile de quantos tiveram que obedecer aos imperativos dos intestinos e da bexiga. Isto, no fundo, são animais, não há que estranhar. Mal conformado, o cornaca resolveu fazer um desvio para o lado onde o comandante dormia, quem sabe, as pessoas às vezes têm insónias, despertam angustiadas porque no seu sonho acreditavam que estavam mortas, ou então é um percevejo, dos tantos que se escondem nas bainhas das mantas, que veio sugar o sangue do adormecido. Fica a informação de que o percevejo foi o inconsciente inventor das transfusões. Baldada esperança, o comandante dormia, e não só dormia, como roncava. Uma sentinela veio perguntar ao cornaca o que é que queria dali e subhro respondeu que tinha um recado para dar ao comandante, mas, visto ele estar a dormir, ia voltar para a sua cama, A estas horas não se dão recados a ninguém, espera-se que amanheça, Era importante, respondeu o cornaca, mas, como diz a filosofia do elefante, se não pode ser, não pode ser, Se quiseres dar-me o recado a mim, eu informo-o assim que ele acordar. O cornaca deitou contas às probabilidades favoráveis e achou que valia a pena apostar nesta única carta, a de que o comandante já tivesse sido informado pela sentinela da existência da aldeia, quando, na primeira luz da manhã, se ouvisse o grito, Alvíssaras, alvíssaras, há aqui uma aldeia. A dura experiência da vida tem-nos mostrado que não é aconselhável confiar demasiado na natureza humana, em geral. A partir de agora, ficámos a saber que, pelo menos para guardar segredos, também não nos devemos fiar da arma de cavalaria. Foi o caso que antes que o cornaca tivesse regressado ao sono, já a outra sentinela estava a par da notícia, e logo os soldados que dormiam mais perto. A excitação foi enorme, um deles chegou a propor que fizessem um reconhecimento à aldeia a fim de colher informações presenciais que robustecessem, pela autenticidade da respectiva fonte, a estratégia a definir na manhã seguinte. O temor de que o comandante despertasse, se levantasse do catre e não visse nenhum dos soldados, ou, pior ainda, se visse algum e não os outros, fê-los desistir da prometedora aventura. As horas passaram, uma pálida claridade a oriente começou a desenhar a curva da porta por onde o sol haveria de entrar, ao mesmo tempo que no lado oposto a lua se deixava cair suavemente nos braços de outra noite. Estávamos nós nisto, atrasando o momento da revelação, duvidando ainda se não haveria modo de encontrar uma solução mais dramática ou, o que seria ouro sobre azul, com mais potência simbólica, quando se ouviu o fatal grito, Há aqui uma aldeia. Absortos nas nossas lucubrações, não tínhamos dado por que um homem se havia levantado e subido a pendente, mas agora, sim, víamo--lo aparecer entre as árvores, ouvíamo-lo repetir o triunfal anúncio, embora sem pedir alvíssaras, como havíamos imaginado, Há aqui uma aldeia. Era o comandante. O destino, quando lhe dá para aí, é capaz de escrever por linhas tortas e torcidas tão bem como deus, ou melhor ainda. Sentado na sua manta, subhro pensou, Antes assim que pior, a ele sempre poderia dizer que se tinha levantado de noite e havia sido o primeiro a ver a aldeia. Arriscar-se-á a que o comandante lhe pergunte com voz sorna, como sabemos que haverá de perguntar, E testemunhas, tens, ao que ele apenas poderá responder, metendo, metaforicamente falando, o rabo entre as pernas, Negativo, meu comandante, estava sozinho, Deves ter sonhado, Tanto não sonhei que dei a informação a um dos soldados que estavam de sentinela para quando o meu comandante despertasse, Nenhum soldado falou comigo, Mas o meu comandante pode falar com ele, eu digo--lhe qual foi. O comandante reagiu mal à proposta, Se eu não precisasse de ti para conduzir o elefante, despachava-te já para lisboa, imagina só a situação em que te ias colocar, seria a tua palavra contra a minha, tira daí o sentido, a não ser que queiras que te deportem para a índia. Resolvida a questão de saber quem havia sido, oficialmente, o primeiro a descobrir a aldeia, o comandante dispunha-se a virar as costas ao cornaca, quando este disse, O principal não é isso, o principal é saber se haverá ali uma junta de bois capaz, Não tardaremos a sabê-lo, tu cuida dos teus assuntos, que eu cá me encarrego do resto, Vossa senhoria não quer que eu vá à aldeia, perguntou subhro, Não, não quero, bastam-me o sargento, para acabar de compor o grupo, e o boieiro. Subhro pensou que, ao menos por uma vez, o comandante tinha razão. Se alguém, por direito natural, tinha ali lugar, era o boieiro. O comandante já lá ia, dando instruções a um lado e a outro, ao sargento, ao pessoal da intendência, que era sua intenção pôr a trabalhar para abastecer de comida suficiente aos homens das forças, que em nada de tempo as perderiam se continuassem a alimentar-se de figos secos e pão bolorento, Quem desenhou a estratégia para esta viagem bem pode limpar as mãos à parede, os manda--mais da corte devem pensar que a gente pode viver só do ar que respira, murmurou entredentes. O acampamento já estava levantado, enrolavam-se mantas, ordenavam-se ferramentas, que as havia em quantidade, a maior parte delas provavelmente nunca teriam uso, salvo se o elefante viesse a cair por um barranco e fosse preciso tirá-lo de lá com um cabrestante. A ideia do comandante era pôr-se em marcha quando, com junta de bois ou sem junta de bois, regressasse da aldeia. O sol já se tinha despegado da linha do horizonte, era dia claro, apenas umas poucas nuvens boiando no céu, oxalá não venha a aquecer demasiado, derretem-se os músculos, às vezes até parece que o suor se vai pôr a ferver na pele. O comandante chamou o boieiro, explicou-lhe ao que iam e recomendou-lhe que observasse bem os animais, se os houvesse, porque deles dependeria a rapidez da expedição e um breve regresso a lisboa. O boieiro disse que sim senhor duas vezes, embora a ele pouco lhe importasse, não vivia em lisboa, mas numa aldeia não longe chamada mem martins, ou algo deste jeito. Como o boieiro não sabia cavalgar, um caso flagrante, como se vê, das consequências negativas de uma excessiva especialização profissional, içou-se com dificuldade para a garupa do cavalo do sargento e lá foi, rezando, numa voz que ele próprio mal conseguia ouvir, um interminável padre-nosso, oração da sua especial estima por aquilo que nela se diz de perdoar as nossas dívidas. O mal, que em tudo está, e às vezes até deixa o rabo de fora para que não tenhamos ilusões sobre a natureza do bicho, vem logo na frase seguinte, quando se diz que é obrigação nossa de cristãos perdoar aos nossos devedores. O pé não joga com a chinela, ou uma coisa ou outra, resmungava o boieiro, se uns perdoam e outros não pagam o que devem onde está o benefício do negócio, perguntava-se. Entraram na primeira rua da aldeia que encontraram, embora fosse sinal de espírito delirante chamar àquilo rua, um caminho que era o mais parecido que havia no tempo com uma montanha-russa, e à primeira pessoa que encontraram o comandante perguntou como se chamava e onde morava o principal lavrador do lugar. O homem, um velho labrego com a enxada às costas, conhecia as respostas, O principal é o senhor conde, mas não está cá, O senhor conde, repetiu o comandante, ligeiramente inquieto, Sim, saiba vossa senhoria que três quartas partes destas terras, ou mais, lhe pertencem, Mas disseste que ele não está em casa, Fale vossa senhoria com o feitor, o feitor é quem governa o barco, Andaste no mar, Saiba vossa senhoria que sim, mas aquilo, entre afogados e afligidos de escorbutos e outras misérias, era uma tal mortandade que resolvi vir morrer em terra, E onde posso encontrar o feitor, Se não está já no campo, encontra-o na quinta do palácio, Há um palácio, perguntou o comandante, olhando em redor, Não é um palácio daqueles altos e com torres, tem só o térreo e um andar, mas dizem que há lá mais riquezas que em todos os palácios e palacetes de lisboa, Podes guiar-nos até lá, perguntou o comandante, Para isso me trouxeram aqui os meus passos, O conde é conde de quê. O velho disse-lho, e o comandante deu um assobio de admiração, Conheço-o, disse, o que não sabia era que tinha terras para estes lados, E dizem que não é só aqui.

A aldeia era uma aldeia como já não se vêem nos dias de hoje, se estivéssemos no inverno seria como uma pocilga escorrendo água e salpicando lama por todos os lados, agora sugere outra coisa, os restos petrificados de uma civilização antiga, cobertos de pó, como mais cedo ou mais tarde acontece aos museus ao ar livre. Desembocaram numa praça e ali estava o palácio. O velho foi tocar a sineta de uma porta de serviço, ao cabo de um minuto apareceu alguém a abrir e o velho entrou. As coisas não estavam a passar-se como o comandante havia imaginado, mas talvez fosse melhor assim. Encarregava-se o velho do primeiro parlamento e depois ele se encarregaria do miolo do assunto. Passados uns bons quinze minutos apareceu à porta um homem gordo, de grandes bigodes, que lhe pendiam como o lambaz de um barco. O comandante guiou o cavalo ao encontro dele e foi ainda de cima do cavalo, para que ficassem bem claras as diferenças sociais, que disse as primeiras palavras, És o feitor do senhor conde, Para servir a vossa senhoria. O comandante desmontou e, dando prova de uma astúcia pouco comum, aproveitou o que vinha na bandeja, Neste caso, servir-me a mim será o mesmo que servir ao senhor conde e a sua alteza o rei, Vossa senhoria fará o favor de me explicar o que deseja, em tudo que não vá contra a salvação da minha alma e contra os interesses do meu amo que me comprometi a defender, sou o seu homem, Por mim não serão ofendidos os interesses do teu amo nem se perderá a tua alma, e agora vamos ao caso que aqui me trouxe. Fez uma pausa, um rápido sinal ao boieiro para se aproximar, e começou, Sou oficial de cavalaria de sua alteza, que me confiou o encargo de levar a valladolid, espanha, um elefante para ser entregue ao arquiduque maximiliano de áustria que ali está aposentado, no palácio do imperador carlos quinto, seu sogro. Ao feitor esbugalharam-se--lhe os olhos, o queixo caiu-lhe sobre a papada, efeitos animadores que o comandante registou mentalmente. E continuou, Trago na caravana um carro de bois que transporta os fardos de forragens de que o elefante se alimenta e a dorna de água em que mata a sede, o carro é puxado por uma junta de bois que até agora têm dado boa conta do recado, mas que eu muito me temo não serem suficientes quando tiverem de se enfrentar com as grandes ladeiras das montanhas. O feitor assentiu com a cabeça, mas não proferiu palavra. O comandante respirou fundo, saltou umas quantas frases de adorno que havia estado alinhavando na cabeça e foi direito ao fim, Preciso de outra junta de bois para a atrelar ao carro e pensei que poderia vir encontrá-la aqui, O senhor conde não está, só ele é que. O comandante cortou-lhe a frase, Parece que não ouviste que estou aqui em nome do rei, não sou eu quem te está a pedir o empréstimo de uma junta de bois por uns dias, mas sua alteza o rei de portugal, Ouvi, meu senhor, ouvi, mas o meu amo, Não está, já sei, mas está o seu feitor que conhece os seus deveres para com a pátria, A pátria, senhor, Nunca a viste, perguntou o comandante lançando-se num rapto lírico, vês aquelas nuvens que não sabem aonde vão, elas são a pátria, vês o sol que umas vezes está, outras não, ele é a pátria, vês aquele renque de árvores donde, com as calças na mão, avistei a aldeia nesta madrugada, elas são a pátria, portanto não podes negar-te nem opor dificuldades à minha missão, Se vossa senhoria o diz, Dou-te a minha palavra de oficial de cavalaria, e agora basta de conversa, vamos à abegoaria ver os bois que lá tens. O feitor cofiou o bigode pingão como se estivesse a consultá-lo, e finalmente decidiu-se, a pátria acima de tudo, mas, ainda temeroso dos efeitos da sua cedência, perguntou ao oficial se lhe deixava uma garantia, ao que o comandante respondeu, Deixo-te um papel escrito de meu punho e letra no qual assegurarei que a junta de bois será por mim próprio devolvida à procedência tão cedo o elefante fique entregue ao arquiduque de áustria, não esperareis mais que o tempo de ir de aqui a valladolid e de valladolid aqui, Vamos então à abegoaria, onde estão os bois de trabalho, disse o feitor, Este aqui é o meu boieiro, entrará comigo, eu entendo mais de cavalos e guerra, quando a há, disse o comandante. Na abegoaria havia oito bois. Temos mais quatro, disse o feitor, mas estão no campo. A um sinal do comandante, o boieiro aproximou-se dos animais, examinou-os atentamente, um por um, fez levantar dois que estavam deitados, examinou-os também, e por fim declarou, Este e este, Boa escolha, são os melhores, disse o feitor. O comandante sentiu uma onda de orgulho subir-lhe do plexo solar à garganta. Realmente, cada gesto seu, cada passo que dava, cada decisão que tomava, revelavam um estratego de primeiríssima água, merecedor dos mais altos reconhecimentos, uma pronta promoção a coronel, para começar. O feitor, que havia saído, regressava com papel e pena, e ali mesmo foi exarado o compromisso. Quando o feitor recebeu o documento, as mãos tremiam-lhe de emoção, mas recuperou a serenidade ao ouvir dizer ao boieiro, Faltam os apeiros, Estão além, apontou o feitor. Não têm falhado neste relato considerações mais ou menos certeiras sobre a natureza humana, e a todas fomos fielmente consignando e comentando segundo a respectiva pertinência e o humor do momento. O que não esperávamos, francamente, era vir um dia a registar um pensamento tão generoso, tão excelso, tão sublime, como aquele que passou pela mente do comandante com o fulgor de um relâmpago, isto é, que ao escudo de armas do conde proprietário daqueles animais, em memória deste sucesso, deveriam ser apostos dois jugos, ou cangas, como também se lhes chama. Oxalá este voto se cumpra. Os bois já estavam jungidos, o boieiro já os levava para fora da abegoaria, quando o feitor perguntou, E o elefante. Formulada desta maneira, tão rústica quanto directa, a pergunta podia ser simplesmente ignorada, mas o comandante pensou que devia a este homem um favor e portanto foi um sentimento parente da gratidão que o fez dizer, Está atrás daquelas árvores, onde passámos a noite, Nunca vi um elefante na minha vida, disse o feitor com voz triste, como se de ver um elefante dependesse a sua felicidade e a dos seus, Homem, isso tem bom remédio, vem connosco, Vá vossa senhoria andando, que eu aparelho a mula e já o alcanço. O comandante saiu para a praça, onde o esperava o sargento, e disse, Já temos bois, Sim senhor, passaram por aqui, o boieiro parecia ter engolido um pau, de tão vaidoso que ia à cabeça deles, Vamos, disse o comandante montando, Sim senhor, disse o sargento montando também. Alcançaram a vanguarda em pouco tempo, e aí se apresentou ao comandante um sério dilema, ou galopar para o acampamento e anunciar a vitória às hostes reunidas, ou acompanhar a junta e receber os aplausos em presença do prémio vivo do seu engenho. Precisou de cem metros de intensa reflexão para encontrar a resposta ao problema, um recurso a que, antecipando cinco séculos, poderíamos chamar terceira via, isto é, mandar o sargento à frente com a notícia a fim de predispor os ânimos à mais entusiástica das recepções. Assim se faria. Não tinham andado muito quando ouviram o tosco tropear da mula, a quem nunca se pedira um trote, e muito menos um galope. O comandante parou por cortesia, o mesmo fez o sargento sem saber porquê, só o boieiro e os bois, como se pertencessem a outro mundo e se regulassem por diferentes leis, continuaram com o passo de sempre, isto é, a passo. O comandante deu ordem para que o sargento se adiantasse, mas não tardou a arrepender-se de o ter feito. A sua impaciência crescia a cada minuto. Tinha sido um erro crasso mandar o sargento à frente. A esta hora já ele recebera os primeiros aplausos, os mais calorosos, aqueles que acolhem uma boa notícia dada em primeira mão, e se alguns, ou mesmo muitos, se vierem a manifestar depois, sempre hão-de ter um sabor a caldo requentado. Enganava-se. Quando o comandante chegou ao acampamento, haveria que discutir se acompanhado por ou acompanhando o boieiro e os bois, estavam os homens formados em duas linhas, os braçais de um lado, os militares do outro, e ao centro o elefante com o seu cornaca sentado, todos aplaudindo com entusiasmo, dando vozes de alegria, se isto aqui fosse um barco de piratas seria a altura de dizer, Um rum duplo para todos. Seja como seja, talvez se apresente ocasião mais adiante para mandar servir um quartilho de vinho tinto a toda a companhia. Acalmadas as expansões, principiou a caravana a organizar-se. O boieiro atrelou ao carro os bois do conde, mais fortes e mais frescos, e à frente deles, para repousarem, os que tinham vindo de lisboa. O feitor talvez fosse de opinião contrária, mas, montado na sua mula, não fazia mais que benzer-se e tornar a benzer-se, mal acreditando no que os seus olhos viam, Um elefante, aquilo é que é o tal elefante, murmurava, não tem menos de quatro côvados de altura, e a tromba, e os dentes, e as patas, que grossas são as patas. Quando a caravana se pôs em marcha, seguiu-a até à estrada. Despediu-se do comandante, a quem desejou boa viagem e melhor regresso, e ficou a olhá-los enquanto se afastavam. Fazia grandes gestos de adeus. Não é todos os dias que aparece nas nossas vidas um elefante.

Não é verdade que o céu seja indiferente às nossas preocupações e anseios. O céu está constantemente a enviar-nos sinais, avisos, e se não dizemos bons conselhos é porque a experiência de um lado e do outro, isto é, a dele e a nossa, já demonstrou que não vale a pena esforçar a memória, que todos a temos mais ou menos fraca. Sinais e avisos são fáceis de interpretar se estivermos de olho atento, como foi o caso do comandante quando sobre a caravana, em certa altura do caminho, caiu um rápido mas abundante aguaceiro. Para os homens da força, empenhados no penoso trabalho de empurrar o carro de bois, aquela chuva foi uma bênção, um acto de caridade pelo sofrimento em que têm vivido sujeitas as classes baixas. O elefante salomão e o seu cornaca subhro desfrutaram do súbito refresco, o que não impediu o guia de pensar no arranjo que lhe faria futuramente um guarda-chuva em situações como estas, principalmente no caminho para viena, de poleiro e protegido da água que caísse das nuvens. Quem não apreciou nada o líquido meteoro foram os soldados da cavalaria, habitualmente presumidos nas suas fardas coloridas, agora manchadas e pingonas, como se estivessem a regressar vencidos de uma batalha. Quanto ao comandante, esse, com a sua já provada agilidade de espírito, havia compreendido imediatamente que tinha ali um problema muito sério. Uma vez mais se demonstrava que a estratégia para esta missão fora desenhada por pessoal incompetente, incapaz de prever os acontecimentos mais correntes, como este de chover em agosto, quando a sabedoria popular já vinha avisando desde a noite dos tempos que o inverno, precisamente, é em agosto que começa. A não ser que o aguaceiro tivesse sido uma coisa de ocasião e que o bom tempo voltasse para ficar, tinham-se acabado as noites dormidas ao ar livre sob a lua ou o arco estrelado do caminho de santiago. E não só isso. Tendo de pernoitar em lugares habitados, era preciso que neles houvesse um espaço coberto para abrigar os cavalos e o elefante, os quatro bois, e umas boas dezenas de homens, e isso, como se pode calcular, era algo custoso de encontrar no portugal do século dezasseis, onde ainda não se tinha aprendido a construir naves industriais nem estalagens de turismo. E se a chuva nos apanha na estrada, não um aguaceiro como este, mas uma chuva contínua, daquelas que não param durante horas e horas, perguntou-se o comandante, e concluiu, Não teremos outro remédio que apará-la toda nas costas. Levantou a cabeça, perscrutou o espaço e disse, Por agora parece ter escampado, oxalá tenha sido só um ameaço. Infelizmente não tinha sido só um ameaço. Por duas vezes, antes de chegarem a porto salvo, se tal se podia chamar a duas dezenas de casebres afastados uns dos outros, com uma igreja descabeçada, isto é, só com meia torre, sem nave industrial à vista, ainda lhes caíram em cima duas bátegas, que o comandante, já perito neste sistema de comunicações, interpretou logo como dois novos avisos do céu, decerto impaciente por não ver que estivessem a ser tomadas as medidas preventivas necessárias, as que poupariam à ensopada caravana resfriamentos, constipações, defluxos e mais do que prováveis pneumonias. Esse é o grande equívoco do céu, como a ele nada é impossível, imagina que os homens, feitos, segundo se diz, à imagem e semelhança do seu poderoso inquilino, gozam do mesmo privilégio. Queríamos ver o que sucederia ao céu na situação do comandante, indo de casa em casa com a mesma cantilena, Sou oficial de cavalaria em missão de serviço ordenada por sua alteza o rei de portugal, a de acompanhar um elefante à cidade espanhola de valladolid, e não ver senão caras desconfiadas, aliás mais do que justificadamente, dado que jamais se tinha ouvido falar da espécie elefantina por aquelas paragens nem havia a menor ideia do que fosse um elefante. Queríamos ver o céu a perguntar se tinham por ali um celeiro grande ou, na sua falta, uma nave industrial, onde se pudessem recolher por uma noite os animais e as pessoas, o que de todo não seria impossível, basta que recordemos a peremptória afirmação daquele famoso jesus de galileia que, nos seus melhores tempos, se gabou de ser capaz de destruir e reconstruir o templo entre a manhã e a noite de um único dia. Ignora-se se foi por falta de mão-de-obra ou de cimento que não o fez, ou se foi por ter chegado à sensata conclusão de que o trabalho não merecia a pena, considerando que se algo se vai destruir para construí-lo outra vez, melhor será deixar tudo como estava antes. Proeza, essa sim, foi o episódio da multiplicação dos pães e dos peixes, que se aqui chamamos à colação é tão-somente porque, por ordem do comandante e esforço da intendência da cavalaria, vai ser servida hoje comida quente para quantos humanos vão na caravana, o que não é pequeno milagre se considerarmos a falta de comodidades e a instabilidade do tempo. Felizmente não choverá. Os homens despiram as roupas mais pesadas e puseram-nas a secar em varas a jeito de que lhes aproveitasse o calor das fogueiras entretanto acendidas. Depois foi só esperar que o caldeirão da comida chegasse, sentir a consoladora contracção do estômago ao cheirar-lhe que a sua fome vai ser finalmente satisfeita, sentir-se um homem como aqueles outros a quem, a horas certas, como se de benéfica fatalidade do destino se tratasse, alguém vem servir um prato de comida e uma fatia de pão. Este comandante não é como outros, pensa nos seus homens, incluindo os colaterais, como se fossem seus filhos. Além disso, preocupa-se pouco com hierarquias, pelo menos em circunstâncias como as presentes, tanto assim que não foi comer à parte, está aqui, ocupa um lugar ao redor do lume, e, se até agora tem participado pouco nas conversas, foi só para deixar os homens à vontade. Aqui mesmo um da cavalaria acaba de perguntar o que tem andado na cabeça de todos, E tu, ó cornaca, que raios vais tu fazer com o elefante a viena, Provavelmente o mesmo que em lisboa, nada de importante, respondeu subhro, irão dar-lhe muitas palmas, irá sair muita gente à rua, e depois esquecem-se dele, assim é a lei da vida, triunfo e olvido, Nem sempre, Aos elefantes e aos homens, sempre, embora dos homens eu não deva falar, não passo de um indiano em terra que não é sua, mas, que eu conheça, só um elefante escapou a esta lei, Que elefante foi esse, perguntou um dos homens das forças, Um elefante que estava moribundo e a quem cortaram a cabeça depois de morto, Então acabou-se tudo aí, Não, a cabeça foi posta no pescoço de um deus que se chama ganeixa e que estava morto, Fala-nos desse tal ganeixa, disse o comandante, Comandante, a religião hinduísta é muito complicada, só um indiano está capacitado para compreendê-la, e nem todos o conseguem, Creio recordar que me disseste que és cristão, E eu recordo-me de ter respondido, mais ou menos, meu comandante, mais ou menos, Que quer isso dizer na realidade, és ou não és cristão, Baptizaram-me na índia quando eu era pequeno, E depois, Depois, nada, respondeu o cornaca com um encolher de ombros, Nunca praticaste, Não fui chamado, senhor, devem ter-se esquecido de mim, Não perdeste nada com isso, disse a voz desconhecida que não foi possível localizar, mas que, embora isto não seja crível, pareceu ter brotado das brasas da fogueira. Fez-se um grande silêncio só interrompido pelos estalidos da lenha a arder. Segundo a tua religião, quem foi que criou o universo, perguntou o comandante, Brama, meu senhor, Então, esse é deus, Sim, mas não o único, Explica-te, É que não basta ter criado o universo, é preciso também quem o conserve, e essa é a tarefa de outro deus, um que se chama vixnu, Há mais deuses além desses, cornaca, Temos milhares, mas o terceiro em importância é siva, o destruidor, Queres dizer que aquilo que vixnu conserva, siva o destrói, Não, meu comandante, com siva, a morte é entendida como princípio gerador da vida, Se bem percebo, os três fazem parte de uma trindade, são uma trindade, como no cristianismo, No cristianismo são quatro, meu comandante, com perdão do atrevimento, Quatro, exclamou o comandante, estupefacto, quem é esse quarto, A virgem, meu senhor, A virgem está fora disto, o que temos é o pai, o filho e o espírito santo, E a virgem, Se não te explicas, corto-te a cabeça, como fizeram ao elefante, Nunca ouvi pedir nada a deus, nem a jesus, nem ao espírito santo, mas a virgem não tem mãos a medir com tantos rogos, preces e solicitações que lhe chegam a casa a todas as horas do dia e da noite, Cuidado, que está aí a inquisição, para teu bem não te metas em terrenos pantanosos, Se chego a viena, não volto mais, Não regressas à índia, perguntou o comandante, Já não sou indiano, Em todo o caso vejo que do teu hinduísmo pareces saber muito, Mais ou menos, meu comandante, mais ou menos, Porquê, Porque tudo isto são palavras, e só palavras, fora das palavras não há nada, Ganeixa é uma palavra, perguntou o comandante, Sim, uma palavra que, como todas as mais, só por outras palavras poderá ser explicada, mas, como as palavras que tentaram explicar, quer tenham conseguido fazê-lo ou não, terão, por sua vez, de ser explicadas, o nosso discurso avançará sem rumo, alternará, como por maldição, o errado com o certo, sem se dar conta do que está bem e do que está mal, Conta-me quem foi ganeixa, Ganeixa é filho de siva e de parvati, também chamada durga ou kali, a deusa dos cem braços, Se em vez de braços tivessem sido pernas, podíamos chamar-lhe centopeia, disse um dos homens rindo-se contrafeito, como arrependido do comentário mal ele lhe saíra da boca. O cornaca não lhe prestou atenção e prosseguiu, Há que dizer, como aconteceu com a vossa virgem, que ganeixa foi gerado por sua mãe, parvati, sem intervenção do marido, siva, o que se explica pelo facto de que este, sendo eterno, não sentia nenhuma necessidade de ter filhos. Um dia, tendo parvati decidido tomar banho, sucedeu que não havia guardas por ali a fim de a protegerem de alguém que quisesse entrar na sala. Então ela criou um ídolo com a forma de um rapazinho, feito com a pasta que havia preparado para lavar-se, e que não devia ser outra coisa que sabão. A deusa infundiu vida no boneco, e este foi o primeiro nascimento de ganeixa. Parvati ordenou a ganeixa que não permitisse a entrada de ninguém e ele seguiu à risca as ordens da mãe. Passado pouco tempo, siva regressou da floresta e quis entrar em casa, mas ganeixa não permitiu, o que, como é natural, enfureceu siva. Então deu-se o seguinte diálogo, Sou o esposo de parvati, portanto a casa dela é a minha casa, Aqui só entra quem minha mãe quiser, e ela não me disse que tu podias entrar. Siva perdeu a paciência e lançou-se numa feroz batalha com ganeixa, que terminou com o deus cortando com o seu tridente a cabeça ao adversário. Quando parvati saiu e viu o corpo sem vida do filho, os seus gritos de dor depressa se transformaram em uivos de fúria. Ordenou a siva que devolvesse imediatamente a vida a ganeixa, mas, por desgraça, o golpe que o tinha degolado havia sido tão poderoso que a cabeça foi atirada para muito longe e nunca mais a viram. Então, como último recurso, siva foi pedir auxílio a brama, que lhe sugeriu que substituísse a cabeça de ganeixa pela do primeiro ser vivo que encontrasse no caminho, desde que estivesse na direcção norte. Siva mandou então o seu exército celestial para que tomasse a cabeça de qualquer criatura que encontrassem dormindo com a cabeça na direcção norte. Encontraram um elefante moribundo que dormia desta maneira e, após a sua morte, cortaram-lhe a cabeça. Regressaram aonde estavam siva e parvati e entregaram-lhes a cabeça do elefante, a qual foi colocada no corpo de ganeixa, trazendo-o de novo à vida. E foi assim que nasceu ganeixa depois de ter vivido e morrido. Histórias da carochinha, resmungou um soldado, Como a daquele que, tendo morrido, ressuscitou ao terceiro dia, respondeu subhro, Cuidado, cornaca, estás a ir longe de mais, repreendeu o comandante, Eu também não acredito no conto do menino de sabão que veio a tornar-se deus com um corpo de homem barrigudo e cabeça de elefante, mas foi-me pedido que explicasse quem era ganeixa, e eu não fiz mais que obedecer, Sim, mas fizeste considerações pouco amáveis sobre jesus cristo e a virgem que não caíram nada bem no espírito das pessoas aqui presentes, Peço desculpa a quem se sentiu ofendido, foi sem intenção, respondeu o cornaca. Ouviu-se um murmúrio de apaziguamento, a verdade é que àqueles homens, tanto soldados como paisanos, pouco lhes importavam as disputas religiosas, o que os inquietava era que se tocasse em assuntos tão retorcidos debaixo da própria cúpula celeste. Costuma-se dizer que as paredes têm ouvidos, imagine-se o tamanho que terão as orelhas das estrelas. Fosse como fosse, eram horas de ir para a cama, os lençóis e as mantas dela as roupas que tinham vestidas, o importante era que não lhes chovesse em cima, e isso tinha-o conseguido o comandante indo de casa em casa a pedir que dessem abrigo, por esta noite, a dois ou três dos seus homens, dormiriam em cozinhas, em estábulos, em palheiros, mas desta vez com a barriga cheia, o que compensaria esses e outros inconvenientes. Com eles dispersaram uns quantos habitantes da aldeia, quase todos homens, que por ali tinham andado, atraídos pela novidade do elefante, do qual, por medo, não conseguiriam aproximar-se a menos de vinte passos. Enrolando com a tromba uma porção de forragem que bastaria para satisfazer o primeiro apetite de um esquadrão de vacas, salomão, apesar da sua vista curta, lançou-lhes um olhar severo, dando claramente a entender que não era um animal de concurso, mas sim um trabalhador honrado a quem certos infortúnios, que seria demasiado longo relatar aqui, haviam deixado sem trabalho e, por assim dizer, entregue à caridade pública. Ao princípio, um dos homens da aldeia, por bravata, ainda deu uns quantos passos para além da linha invisível que logo iria tornar-se em fronteira cerrada, mas salomão despachou-lhe um coice de aviso que, embora não atingindo o alvo, deu lugar a um interessante debate entre eles sobre famílias ou clãs de animais. Mulas, mulos, burros, burras, cavalos, éguas, são quadrúpedes que, como toda a gente sabe, e alguns por dolorosa experiência, dão coices, o que bem se compreende, uma vez que não dispõem de outras armas, quer ofensivas quer defensivas, mas um elefante, com aquela tromba e aqueles dentes, com aquelas patorras enormes que lembram martelos-pilões, ainda por cima, como se fosse pouco o que já tem, é capaz de escoicear. Sugere a mansidão em figura quando se olha para ele, porém, caso seja necessário, poderá tornar-se numa fera. De estranhar é que, pertencendo à família dos animais acima mencionados, isto é, à família dos que dão coices, não leve ferraduras. Afinal, disse um dos camponeses, um elefante não tem muito que ver, dá-se-lhe uma volta e já está. Os outros concordaram, Dá-se-lhe uma volta e fica tudo visto. Podiam ter-se retirado para as suas casas, para o conforto dos seus lares, mas um deles disse que ainda ficava um bocado por ali, que queria ouvir o que se estava dizendo ao redor daquela fogueira. Foram todos. Ao princípio não compreenderam de que se estava tratando, não entendiam os nomes, tinham acentuações estranhas, até que tudo se lhes tornou claro quando chegaram à conclusão de que se estava a falar do elefante e que o elefante era deus. Agora caminhavam para as suas casas, para o conforto dos lares, levando cada um consigo dois ou três hóspedes entre militares e homens de forças. Com o elefante ficaram de sentinela dois soldados de cavalaria, o que mais reforçou neles a ideia de que era urgente ir falar ao cura. As portas fecharam-se e a aldeia encolheu-se toda no meio da escuridão. Pouco depois algumas tornaram a abrir-se sigilosamente e os cinco homens que delas saíram encaminharam-se para a praça do poço, ponto de reunião que haviam combinado. A ideia deles era ir falar com o padre, que a esta hora já estaria na cama e provavelmente a dormir. O reverendo era conhecido pelo seu péssimo humor quando o despertavam a horas inconvenientes, que para ele eram todas em que estivesse nos braços de morfeu. Um dos homens ainda aventurou uma alternativa, E se viéssemos de manhã, perguntou, mas outro, mais determinado, ou simplesmente mais propenso à lógica das previsões, objectou, Se eles tiverem decidido sair ao alvorecer, arriscamo-nos a não encontrar ninguém, com boa cara de parvos ficaríamos então. Estavam diante da porta do passal e parecia que nenhum dos nocturnos visitantes se ia atrever a levantar a aldraba. Aldraba tinha-a também a porta da residência, mas essa era demasiado pequena para conseguir acordar o inquilino. Por fim, como um tiro de canhão no silêncio pétreo da aldeia, a aldraba do passal deu sinal de vida. Ainda teve de disparar mais duas vezes antes que de dentro se ouvisse a voz rouca e irritada do cura, Quem é. Obviamente, não era prudente nem cómodo falar de deus em plena rua, tendo por meio algumas paredes e um portão de madeira grossa. Não tardaria muito que os vizinhos pusessem o ouvido à escuta das altas vozes com que seriam obrigadas a comunicar-se as partes dialogantes, transformando assim uma gravíssima questão teológica na fábula da temporada. A porta da residência abriu-se enfim e a cabeça redonda do cura apareceu, Que querem vocês a estas horas da noite. Os homens deixaram o portão do passal e avançaram, arrastando os pés, para a outra porta. Está alguém a morrer, perguntou o cura. Todos disseram que não senhor. Então, insistiu o servo de deus, aconchegando-se melhor com a manta que tinha lançado sobre os ombros, Na rua não podemos falar, disse um homem. O cura resmungou, Pois se não podem falar na rua, vão amanhã à igreja, Temos de falar agora, senhor padre, amanhã poderá ser tarde, o assunto que aqui nos trouxe é muito sério, é um assunto de igreja, De igreja, repetiu o cura, subitamente inquieto, pensando que o apodrecido travejamento do tecto tinha vindo abaixo, Sim senhor, de igreja, Então entrem, entrem. Empurrou-os para a cozinha em cuja lareira esbraseavam ainda uns restos de lenha queimada, acendeu uma candeia, sentou-se num mocho e disse, Falem. Os homens olharam uns para os outros, duvidando sobre quem deveria ser o porta-voz, mas estava claro que só tinha realmente legitimidade aquele que havia dito que ia ouvir o que se estava dizendo no grupo onde se encontravam o comandante e o cornaca. Não foi preciso votar, o homem em questão tinha tomado a palavra, Senhor padre, deus é um elefante. O padre suspirou de alívio, era preferível isto a ter caído o telhado, além do mais, a herética afirmação era de fácil resposta, Deus está em todas as suas criaturas, disse. Os homens moveram as cabeças no modo afirmativo, mas o porta-voz, muito consciente dos seus direitos e das suas responsabilidades, retorquiu, Mas nenhuma delas é deus, Era o que faltava, respondeu o cura, teríamos aí um mundo a abarrotar de deuses, e ninguém se entenderia, cada um a puxar a brasa à sua sardinha, Senhor padre, o que nós ouvimos, com estes ouvidos que a terra há-de comer, é que o elefante que aí está é deus, Quem foi que proferiu semelhante barbaridade, perguntou o cura usando uma palavra não corrente na aldeia, o que nele era claro sinal de enfado, O comandante da cavalaria e o homem que viaja em cima, Em cima de quê, De deus, do animal. O cura respirou fundo, sujeitou o ânimo que o estava impelindo a maiores extremos e perguntou, Vocês estão bêbados, Não, senhor padre, respondeu o coro, é difícil estar bêbado nos tempos que correm, o vinho está caro, Então, se não estão bêbados, se apesar desse conto de perlimpimpim continuam a ser bons cristãos, ouçam-me bem. Os homens aproximaram-se para não perderem uma palavra, e o cura, depois de ter limpado a carraspeira que sentia na garganta e que, pensava ele, era resultado de ter saído bruscamente da quentura dos lençóis para o frio ambiente exterior, começou o sermão, Eu podia mandá-los para casa com uma penitência, uns quantos padre-nossos e umas quantas ave-marias, e não pensar mais no caso, mas como todos me pareceis de boa-fé, amanhã de manhã, antes de nascer o sol, iremos eu e vocês, com as vossas famílias, e também todos os outros vizinhos da aldeia, a quem tereis de avisar, aonde se encontra o elefante, não para o excomungar, uma vez que, sendo um animal, não recebeu o santo sacramento do baptismo nem pôde acolher-se aos bens espirituais concedidos pela igreja, mas para o limpar de qualquer possessão diabólica que haja sido introduzida pelo maligno na sua natureza de bruto, como aconteceu aos dois mil porcos que se afogaram no mar da galileia, como deveis estar lembrados. Abriu espaço para uma pausa, e logo perguntou, Entendidos, Sim senhor, responderam todos, excepto o porta-voz que ia tomando cada vez mais a sério a sua função, Senhor padre, disse, esse caso sempre me fez confusão na cabeça, Porquê, Não percebo por que tinham esses porcos que morrer, está bem que jesus tenha feito o milagre de expulsar os espíritos imundos do corpo do geraseno, mas consentir que eles entrassem nuns pobres porcos que nada tinham que ver com o caso, nunca me pareceu uma boa maneira de acabar o trabalho, tanto mais que, sendo os demónios imortais, porque se não o fossem deus ter-lhes-ia acabado com a raça logo à nascença, o que eu quero dizer é que antes que os porcos tivessem caído à água já os demónios se haviam escapado, em minha opinião jesus não pensou bem, E tu quem és para dizeres que jesus não pensou bem, Está escrito, padre, Mas tu não sabes ler, Não sei ler, mas sei ouvir, Há alguma bíblia em tua casa, Não, padre, só os evangelhos, faziam parte de uma bíblia, mas alguém os arrancou de lá, E quem os lê, A minha filha mais velha, é verdade que ainda não consegue ler de corrido, mas, graças às vezes que já leu o mesmo, vamos percebendo-a cada vez melhor, Em compensação, o pior é que, com tais pensamentos e opiniões, se a inquisição aqui chega serás o primeiro a ir para a fogueira, A gente de alguma coisa terá de morrer, padre, Não me venhas com estupidezes, deixa-te de evangelhos e dá mais atenção ao que eu digo na igreja, apontar o caminho recto é missão minha e de mais ninguém, lembra-te de que quem se mete por atalhos, nunca sai de sobressaltos, Sim, padre, Do que aqui se disse, nem uma palavra, se alguém, fora dos que aqui estão, me vier falar destes assuntos, aquele que de vocês tiver dado com a língua nos dentes sofrerá pena de excomunhão maior, nem que eu tenha de ir andando a roma para dar testemunho pessoalmente. O cura fez uma pausa dramática, e depois perguntou em voz cavernosa, Entendidos, Sim, padre, entendidos, Amanhã, antes que o sol nasça, quero toda a gente no adro da igreja, eu, vosso pastor, irei na dianteira, e juntos, com a minha palavra e a vossa presença, pelejaremos pela nossa santa religião, lembrai-vos, o povo unido jamais será vencido.

O dia amanheceu nevoento, mas ninguém se havia perdido, toda a gente encontrou, no meio de uma neblina quase tão espessa como uma sopa feita só de batatas cozidas, um caminho para chegar à igreja como antes encontraram o acampamento os hóspedes a quem os aldeões haviam dado abrigo. Estavam ali todos, desde a mais tenra criancinha ao colo de sua mãe até ao ancião mais velho da aldeia ainda capaz de andar, graças ao auxílio do pau que funcionava como sua terceira perna. Não as tinha tantas como a centopeia, que quando chegam a velhas têm necessidade de uma grande quantidade de bastões, o que afinal resulta em saldo a favor da espécie humana, que só precisa de três, salvo casos mais graves, em que os ditos bastões mudam de nome e passam a chamar-se muletas. Destes, graças à divina providência que por todos nós vela, não os havia na aldeia. A coluna caminhava em passo bastante firme, fazendo das fraquezas forças, pronta para escrever uma nova página de abnegado heroísmo nos anais da aldeia, as outras não tinham muito para oferecer à leitura dos eruditos, somente que nascemos, trabalhamos e morremos. Quase todas as mulheres iam armadas dos seus rosários e murmuravam preces, provavelmente para reforçar o ânimo do cura, que avançava à frente, munido do aspersório e da caldeirinha de água benta. Por causa da neblina, os homens da caravana não se haviam dispersado como teria sido natural, esperavam em pequenos grupos a bucha da manhã, incluindo os militares, que, mais madrugadores, já tinham arreado os cavalos. Quando os vizinhos começaram a sair da sopa de batata, o pessoal responsável pelo elefante moveu-se instintivamente ao seu encontro, levando na vanguarda, por dever de ofício, os soldados de cavalaria. Ao chegarem ao alcance da voz o cura deteve-se, levantou a mão em sinal de paz, deu de lá os bons-dias e perguntou, Onde está o elefante, queremos vê-lo. O sargento considerou razoáveis tanto a pergunta como o pedido e respondeu, Atrás daquelas árvores, agora para verem o elefante terão de falar primeiro com o comandante do pelotão e com o cornaca, Quem é o cornaca, É o homem que vai em cima, Em cima de quê, Em cima do elefante, de que havia de ser, Quer dizer que cornaca significa o que vai em cima, Não sei o que significa, só sei que vai em cima, a palavra parece que veio da índia. A conversação, por este andar, ameaçaria eternizar-se se não fosse o caso de se estarem aproximando o comandante e o cornaca, atraídos pela curiosidade de haverem vislumbrado, através da névoa que ali começara a desfazer-se um pouco, o que podiam ser dois exércitos enfrentados. Lá vem o comandante, disse o sargento, feliz por ficar fora de uma conversação que já estava a pô-lo nervoso. O comandante disse, Bons dias a todos, e perguntou, Em que posso servi-los, Gostaríamos de ver o elefante, A hora não é a melhor, interveio o cornaca, o elefante tem mau acordar. A isto o padre respondeu, É que além de o verem as minhas ovelhas e eu, também o queria benzer para a viagem, trago aqui o aspersório e a caldeirinha de água benta, É uma bonita ideia, disse o comandante, até agora nenhum sacerdote dos que viemos encontrando pelo caminho se tinha oferecido para abençoar o salomão, Quem é o salomão, perguntou o cura, O elefante chama-se salomão, respondeu o cornaca, Não me parece próprio dar a um animal o nome de uma pessoa, os animais não são pessoas e as pessoas tão-pouco são animais, Não tenho tanto a certeza disso, respondeu o cornaca, que começava a embirrar com a parlenga, É a diferença entre quem fez estudos e quem não os tem, rematou, com censurável sobranceria, o cura. Dito isto, virou-se para o comandante e perguntou, Dá vossa senhoria licença que eu cumpra a minha obrigação de sacerdote, Por mim, sim, padre, ainda que o elefante não esteja sob o meu poder, mas do cornaca. Em vez de esperar que o cura lhe dirigisse a palavra, subhro acudiu em tom suspeitosamente amável, Por quem é, senhor padre, o salomão é todo seu. Ora, é tempo de avisar o leitor de que há aqui duas personagens que não estão de boa-fé. Em primeiríssimo lugar, o cura, que, ao contrário do que disse, não traz na caldeirinha água benta, mas água do poço, transvasada directamente do cântaro da cozinha, sem passagem, real ou simbólica, pelo empíreo, em segundo lugar o cornaca, que espera que algo aconteça e que está fazendo preces ao deus ganeixa para que aconteça mesmo. Não se chegue demasiado, preveniu o comandante, olhe que ele tem três metros de altura e pesa umas quatro toneladas, se não mais, Não pode ser tão perigoso como a besta do leviatão, e a esse o tem subjugado por toda a vida a santa religião católica, apostólica e romana a que pertenço, Eu avisei, a responsabilidade é sua, disse o comandante, que na sua experiência de militar havia escutado muitas bravatas e constatado o triste resultado de quase todas elas. O cura mergulhou o aspersório na água, deu três passos em frente e salpicou com ele a cabeça do elefante, ao mesmo tempo que murmurava umas palavras que tinham todo o ar de ser latinas, mas que ninguém entendeu, nem sequer a reduzidíssima parte ilustrada da assistência, isto é, o comandante, que estivera alguns anos no seminário, resultado de uma crise mística, que viria a curar-

-se por si mesma. O reverendo continuava o seu trabalho e, aos poucos, ia-se aproximando da outra extremidade do animal, movimento que coincidiu com a aceleração das preces do cornaca ao deus ganeixa e com o súbito descobrimento, por parte do comandante, de que as palavras e os gestos que o padre vinha fazendo pertenciam ao manual do exorcismo, como se o pobre do elefante pudesse estar possesso de algum demónio. Este homem está doido, pensou o comandante, e no instante mesmo em que o pensou, viu o cura ser atirado ao chão, caldeirinha para um lado, aspersório para outro, a água derramada. As ovelhas avançaram para acudir ao seu pastor, mas os soldados interpuseram-se para evitar atropelos e confusões, e, se bem o pensaram, melhor o fizeram, porque o cura, ajudado pelos hércules locais, já tentava levantar-se, manifestamente dorido da anca esquerda, mas, por todos os indícios, sem nenhum osso partido, o que, tendo em conta a avançada idade e a flácida corpulência do indivíduo, quase se poderia considerar um dos mais acabados milagres da santa padroeira da terra. O que realmente sucedeu, e não viremos a conhecer nunca a causa, mistério inexplicável a juntar a tantos outros, foi que salomão, a menos de um palmo do alvo do tremendo coice que tinha começado por desferir, travou e suavizou o impacte, de modo a que os efeitos não fossem além dos que resultariam de um empurrão sério, mas sem acinte, e muito menos com intenção de matar. Faltando-lhe, como a nós, esta importante informação, o cura limitava-se a dizer, azamboado, Foi castigo do céu, foi castigo do céu. A partir de hoje, quando se falar de elefantes na sua presença, e hão-de ser muitas as vezes, haja vista o que aconteceu aqui, em manhã brumosa, perante tantas testemunhas presenciais, sempre dirá que esses animais, aparentemente brutos, são tão inteligentes que, além de terem umas luzes de latim, até são capazes de distinguir a água benta daquela que o não é. Manquejando, o cura deixou-se conduzir para a cadeira de braços de pau-preto, de estilo abacial, uma preciosa obra de ensamblador que quatro dos seus mais dedicados fâmulos haviam ido buscar à igreja. Já não estaremos aqui quando se organizar o regresso à aldeia. A discussão será brava, como é natural esperar de seres pouco dados aos exercícios da razão, homens e mulheres que por dá cá aquela palha chegam às mãos, mesmo quando, como neste caso, se trate de decidir sobre uma obra tão pia como a de carregar com o seu pastor até casa e metê-lo na cama. O cura não será de grande ajuda para dirimir o pleito porquanto cairá num torpor que preocupará toda a gente, menos a bruxa da terra, Sosseguem, disse, não há sinais de morte próxima, nem para hoje, nem para amanhã, nada que não possa resolver-se com umas boas fricções nas partes afectadas e umas tisanas para depurar o sangue e não o deixar corromper-se, e, já agora, deixem-se de zaragatas que sempre acabam em cabeças partidas, o que devem fazer é revezar-se de cinquenta em cinquenta passos, e todos muito amigos. Tinha razão a bruxa.

A caravana de homens, cavalos, bois e elefante foi engolida definitivamente pela bruma, nem sequer se distingue a mancha do extenso vulto do ajuntamento que formam. Vamos ter de correr para alcançá-la. Felizmente, considerando o pouco tempo que ficámos a assistir ao debate dos hércules da aldeia, o pessoal não poderá ir muito longe. Em situação de visibilidade normal ou de bruma menos parecida com puré que esta, bastaria seguir os rastos das grossas rodas do carro de bois e do carro da intendência no chão amolecido, mas, agora, nem mesmo com o nariz a roçar a terra se conseguia descobrir que por aqui passou gente. E não só gente, também animais, como ficou dito, alguns de certo porte, como os bois e os cavalos, e em particular o paquiderme conhecido na corte portuguesa como salomão, cujos pés, só por si, teriam deixado no solo a marca de umas pegadas enormes, quase circulares, como as dos dinossauros de pés redondos, se alguma vez existiram. Já que estamos falando de animais, o que parece impossível é que ninguém em lisboa se tenha lembrado de mandar trazer dois ou três cães. Um cão é um seguro de vida, um rastreador de rumos, uma bússola com quatro patas. Bastaria dizer-lhe, Busca, e em menos de cinco minutos o teríamos de volta, com o rabo a abanar e os olhos a brilharem de felicidade. Não há vento, porém a névoa parece mover-se em lentos turbilhões como se o próprio bóreas, em pessoa, a estivesse soprando desde o mais recôndito norte e dos gelos eternos. O que não está bem, confessemo-lo, é que, em situação tão delicada como esta, alguém se tenha posto aqui a puxar o lustro à prosa para sacar alguns reflexos poéticos sem pinta de originalidade. A esta hora os companheiros da caravana já deram com certeza pela falta do ausente, dois deles declararam-se voluntários para voltar atrás e salvar o desditoso náufrago, e isso seria muito de agradecer se não fosse a fama de poltrão que o iria acompanhar para o resto da vida, Imaginem, diria a voz pública, o tipo ali sentado, à espera de que aparecesse alguém a salvá-lo, há gente que não tem vergonha nenhuma. É verdade que tinha estado sentado, mas agora já se levantou e deu corajosamente o primeiro passo, a perna direita adiante, para esconjurar os malefícios do destino e dos seus poderosos aliados, a sorte e o acaso, a perna esquerda de repente duvidosa, e o caso não era para menos, pois o chão deixara de poder ver-se, como se uma nova maré de nevoeiro tivesse começado a subir. Ao terceiro passo já não consegue nem sequer ver as suas próprias mãos estendidas à frente, como para proteger o nariz do choque contra uma porta inesperada. Foi então que uma outra ideia se lhe apresentou, a de que o caminho fizesse curvas para um lado ou para o outro, e que o rumo que tomara, uma linha que não queria apenas ser recta, uma linha que queria também manter-se constante nessa direcção, acabasse por conduzi-lo a páramos onde a perdição do seu ser, tanto da alma como do corpo, estaria assegurada, neste último caso com consequências imediatas. E tudo isto, ó sorte mofina, sem um cão para lhe enxugar as lágrimas quando o grande momento chegasse. Ainda pensou em voltar para trás, pedir abrigo na aldeia até que o banco de nevoeiro se desfizesse por si mesmo, mas, perdido o sentido de orientação, confundidos os pontos cardeais como se estivesse num qualquer espaço exterior de que nada soubesse, não achou melhor resposta que sentar-se outra vez no chão e esperar que o destino, a casualidade, a sorte, qualquer deles ou todos juntos, trouxessem os abnegados voluntários ao minúsculo palmo de terra em que se encontrava, como uma ilha no mar oceano, sem comunicações. Com mais propriedade, uma agulha em palheiro. Ao cabo de três minutos, dormia. Estranho animal é este bicho homem, tão capaz de tremendas insónias por causa de uma insignificância como de dormir à perna solta na véspera da batalha. Assim sucedeu. Ferrou no sono, e é de crer que ainda hoje estaria a dormir se salomão não tivesse soltado, de repente, em qualquer parte do nevoeiro, um barrito atroador cujos ecos deveriam ter chegado às distantes margens do ganges. Aturdido pelo brusco despertar, não conseguiu discernir em que direcção poderia estar o emissor sonoro que decidira salvá-lo de um enregelamento fatal, ou pior ainda, porque isto é terra de lobos, e um homem sozinho e desarmado não tem salvação ante uma alcateia ou um simples exemplar da espécie. A segunda chamada de salomão foi mais potente ainda que a primeira, começou por uma espécie de gorgolejo surdo nos abismos da garganta, como um rufar de tambores, a que imediatamente se sucedeu o clangor sincopado que forma o grito deste animal. O homem já vai atravessando a bruma como um cavaleiro disparado à carga, de lança em riste, enquanto mentalmente implora, Outra vez, salomão, por favor, outra vez. E salomão fez-lhe a vontade, soltou novo barrito, menos forte, como de simples confirmação, porque o náufrago que era já deixara de o ser, já vem chegando, aqui está o carro da intendência da cavalaria, não se lhe podem distinguir os pormenores porque as coisas e as pessoas são como borrões indistintos, outra ideia nos ocorreu agora, bastante mais incómoda, suponhamos que este nevoeiro é dos que corroem as peles, a da gente, a dos cavalos, a do próprio elefante, apesar de grossa, que não há tigre que lhe meta o dente, os nevoeiros não são todos iguais, um dia se gritará gás, e ai de quem não levar na cabeça uma celada bem ajustada. A um soldado que passa, levando o cavalo pela reata, o náufrago pergunta-lhe se os voluntários já regressaram da missão de salvamento e resgate, e ele respondeu à interpelação com um olhar desconfiado, como se estivesse diante de um provocador, que havê-los já os havia em abundância no século dezasseis, basta consultar os arquivos da inquisição, e diz, secamente, Onde é que você foi buscar essas fantasias, aqui não houve nenhum pedido de voluntários, com um nevoeiro destes a única atitude sensata foi a que tomámos, manter-nos juntos até que ele decidisse por si mesmo levantar-se, aliás, pedir voluntários não é muito do estilo do comandante, em geral limita-se a apontar tu, tu e tu, vocês, em frente, marche, o comandante diz que, heróis, heróis, ou vamos sê-lo todos, ou ninguém. Para tornar mais clara a vontade de acabar a conversa, o soldado içou-se rapidamente para cima do cavalo, disse até logo e desapareceu no nevoeiro. Não ia satisfeito consigo mesmo. Tinha dado explicações que ninguém lhe havia pedido, feito comentários para que não estava autorizado. No entanto, tranquilizava-o o facto de que o homem, embora não parecesse ter o físico adequado, deveria pertencer, outra possibilidade não cabia, pelo menos, ao grupo daqueles que haviam sido contratados para ajudar a empurrar e puxar os carros de bois nos passos difíceis, gente de poucos falares e, em princípio, escassíssima imaginação. Em princípio, diga-se, porque ao homem perdido no nevoeiro imaginação foi o que pareceu não lhe ter faltado, haja vista a ligeireza com que tirou do nada, do não acontecido, os voluntários que deveriam ter ido salvá-lo. Felizmente para a sua credibilidade pública, o elefante é outra coisa. Grande, enorme, barrigudo, com uma voz de estarrecer aos menos timoratos e uma tromba como não a tem nenhum outro animal da criação, o elefante nunca poderia ser produto de uma imaginação, por muito fértil e dada ao risco que fosse. O elefante, simplesmente, ou existiria, ou não existiria. É portanto hora de ir visitá-lo, hora de lhe agradecer a energia com que usou a salvadora trombeta que deus lhe deu, se este sítio fosse o vale de josafá teriam ressuscitado os mortos, mas sendo apenas o que é, um pedaço bruto de terra portuguesa afogado pela névoa onde alguém, quem, esteve a ponto de morrer de frio e abandono, diremos, para não perder de todo a trabalhosa comparação em que nos metemos, que há ressurreições tão bem administradas que chega a ser possível executá-las antes do passamento do próprio sujeito. Foi como se o elefante tivesse pensado, Aquele pobre diabo vai morrer, vou ressuscitá-lo. E aqui temos o pobre diabo desfazendo-se em agradecimentos, em juras de gratidão para toda a vida, até que o cornaca se decidiu a perguntar, Que foi que o elefante lhe fez para que você lhe esteja tão agradecido, Se não fosse ele, eu teria morrido de frio ou teria sido comido pelos lobos, E como conseguiu ele isso, se não saiu daqui desde que acordou, Não precisou de sair daqui, bastou-lhe soprar na sua trombeta, eu estava perdido no nevoeiro e foi a sua voz que me salvou, Se alguém pode falar das obras e feitos de salomão, sou eu, que para isso sou o seu cornaca, portanto não venha para cá com essa treta de ter ouvido um barrito, Um barrito, não, os barritos que estas orelhas que a terra há-de comer ouviram foram três. O cornaca pensou, Este fulano está doido varrido, variou-se-lhe a cabeça com a febre do nevoeiro, foi o mais certo, tem-se ouvido falar de casos assim. Depois, em voz alta, Para não estarmos aqui a discutir, barrito sim, barrito não, barrito talvez, pergunte você a esses homens que aí vêm se ouviram alguma coisa. Os homens, três vultos cujos difusos contornos pareciam oscilar e tremer a cada passo, davam imediata vontade de perguntar, Onde é que vocês querem ir com semelhante tempo. Sabemos que não era esta a pergunta que o maníaco dos barritos lhes fazia neste momento e sabemos a resposta que lhe estavam a dar. O que não sabemos é se algumas destas coisas estão relacionadas umas com as outras, e quais, e como. O certo é que o sol, como uma imensa vassoura luminosa, rompeu de repente o nevoeiro e empurrou-o para longe. A paisagem fez-se visível no que sempre havia sido, pedras, árvores, barrancos, montanhas. Os três homens já não estão aqui. O cornaca abre a boca para falar, mas torna a fechá-la. O maníaco dos barritos começou a perder consistência e volume, a encolher-se, tornou-se meio redondo, transparente como uma bola de sabão, se é que os péssimos sabões que se fabricam neste tempo são capazes de formar aquelas maravilhas cristalinas que alguém teve o génio de inventar, e de repente desapareceu da vista. Fez plof e sumiu-se. Há onomatopeias providenciais. Imagine-se que tínhamos de descrever o processo de sumição do sujeito com todos os pormenores. Seriam precisas, pelo menos, dez páginas. Plof.

Casualmente, talvez por efeito de qualquer alteração atmosférica, o comandante achou-se a pensar na mulher e nos filhos, ela, grávida de cinco meses, eles, um rapazinho e uma menina, com seis e quatro anos respectivamente. As rudes gentes destas épocas que ainda mal saíram da barbárie primeva prestam tão pouca atenção aos sentimentos delicados que raras vezes lhes dão uso. Embora já esteja a ser notada por aqui certa fermentação de emoções na trabalhosa constituição de uma identidade nacional coerente e coesa, a saudade e os seus subprodutos ainda não foram integrados em portugal como filosofia habitual de vida, o que tem dado origem a não poucas dificuldades de comunicação na sociedade em geral, e também a não poucas perplexidades na relação de cada um consigo mesmo. Por exemplo, em nome do mais óbvio senso comum, não seria aconselhável que nos chegássemos ao estribo do comandante para perguntar, Diga-me, comandante, tem saudades da sua esposa e dos seus filhinhos. O interpelado, ainda que não completamente desprovido de gosto e sensibilidade, como já se deve ter podido observar em diversos passos deste relato, guardando sempre, claro está, a mais recatada discrição para não chocar o pudor da personagem, olhar-nos-ia com surpresa pela nossa patente falta de tacto e dar-nos-ia uma resposta vaga, aérea, sem princípio nem fim, deixando-nos, pelo menos, com sérias preocupações sobre a vida íntima do casal. É certo que o comandante nunca cantou uma serenata nem escreveu, que se saiba, um sonetilho, um só que fosse, mas isto não significa que não seja, digamos que por natureza, muito competente para estimar as coisas belas que têm vindo a ser criadas pelo engenho dos seus semelhantes. A uma delas, por exemplo, poderia tê-la trazido consigo, embrulhada em panos na mochila, como já o fizera em outras deslocações mais ou menos bélicas, mas desta vez preferiu deixá-la no seguro da casa. Dada a escassez do soldo que cobra, não raro com atraso, o qual, como é evidente, não foi calculado pela fazenda para luxos da tropa, o comandante, se quis a sua jóia, já lá vai uma boa dúzia de anos, teve de vender um boldrié rico de materiais, delicado de desenho e notável de decoração, em todo o caso mais para luzir nos salões que no campo de batalha, uma magnífica peça de equipamento militar que tinha sido propriedade do avô materno e que, desde então, se convertera em objecto de desejo de quantos a viam. No seu lugar, mas não para os mesmos fins, encontra-se, desde então, um grosso volume, com o título de amadis de gaula, obra de que terá sido autor, como juram alguns eruditos mais patriotas, um tal vasco de lobeira, português do século catorze, a qual obra viria a ser publicada em saragoça, em tradução castelhana, em mil quinhentos e oito por garci rodriguez de montalvo, que lhe acrescentou uns quantos capítulos de aventuras e amores e emendou e corrigiu os antigos textos. Suspeita o comandante que o seu exemplar veio de cepa bastarda, de uma edição dessas a que hoje chamamos piratas, o que mostra quão de longe vêm já certas ilícitas práticas comerciais. Salomão, outras vezes o temos dito, falamos do rei de judá, não do elefante, tinha razão quando escreveu que não havia nada de novo debaixo da roda do sol. Custa a imaginar que tudo já fosse igual a tudo naquelas bíblicas eras, quando a nossa pertinaz inocência continua a obstinar-se em imaginá-las líricas, bucólicas e pastoris, por tão próximas estarem ainda dos primeiros tenteios da nossa ocidental civilização.

O comandante anda a ler pela quarta ou quinta vez o seu amadis. Como em qualquer outra novela de cavalarias, não faltam batalhas sangrentas, pernas e braços amputados cerce, corpos cortados pela cintura, o que diz muito sobre a força bruta daqueles espirituais cavaleiros, uma vez que nessa época não eram conhecidas, nem imagináveis, as virtudes seccionadoras das ligas metálicas com o vanádio e o molibdénio, hoje fáceis de encontrar em qualquer faca de cozinha, o que demonstra quanto temos vindo a progredir na boa direcção. O livro conta com minúcia e deleite os atribulados amores de amadis de gaula e oriana, ambos filhos de reis, o que não foi obstáculo para que a mãe dele tivesse decidido enjeitá-lo, mandando que levassem o menino ao mar e ali, num caixote de madeira, com uma espada ao lado, o abandonassem à mercê das correntes marítimas e do ímpeto das ondas. Quanto a oriana, a pobre, contra sua vontade, viu-se prometida em casamento pelo próprio pai ao imperador de roma, quando todos os seus desejos e ilusões estavam postos em amadis, a quem amava desde os sete anos, quando o mocinho tinha doze, embora pela compleição física já aparentasse os quinze. Verem-se e amarem-se havia sido obra de um instante de deslumbramento que permaneceu intacto durante toda a vida. Era o tempo em que a andante cavalaria se havia proposto terminar a obra de deus, isto é, eliminar o mal do planeta. Era também o tempo em que o amor só o era se fosse extremo, radical, em que a fidelidade absoluta era um dom do espírito tão natural como o comer e o beber o era do corpo. E, falando de corpo, é caso para perguntar em que estado estaria o de amadis, tão cosido de cicatrizes, abraçado ao corpo perfeito da sem par oriana. As armaduras, sem o molibdénio e o vanádio, de pouco poderiam servir, e o narrador da história não disfarça a fragilidade das chapas e das cotas de malha. Um simples golpe de espada inutilizava um elmo e abria a cabeça que estava dentro. É assombroso como aquela gente conseguiu chegar viva ao século em que estamos. Já gostaria eu, suspirou o comandante. Ao menos por um tempo não se importaria de ceder a sua patente de capitão a troco de cavalgar, em figura de um novo amadis de gaula, pelas praias da ilha firme ou pelos bosques e serranias onde se acoitavam os inimigos do senhor. A vida de um capitão de cavalos português, em tempo de paz, é uma completa pasmaceira, há que dar voltas e voltas à cabeça para encontrar algo em que ocupar com suficiente proveito distractivo as horas mortas do dia. O capitão imagina a amadis cavalgando por estas penhas agrestes, com o impiedoso pedregal a castigar os cascos do cavalo e o escudeiro gandalim a dizer ao amigo que é tempo de descansar. O voto fantasista fê-lo desviar o rumo do pensamento para uma questão fora da literatura, cingida à disciplina militar naquilo que ela tem de mais básico, o cumprimento das ordens recebidas. Se o comandante tivesse podido entrar nas cogitações do rei dom joão terceiro no momento, atrás descrito, em que a real pessoa imaginou salomão e a sua comitiva a pisar as extensas e monótonas distâncias de castela, não estaria agora aqui, subindo e descendo estes barrancos, ladeando estas perigosas ladeiras, enquanto o boieiro tenta descobrir caminhos não demasiado desviados de cada vez que os incipientes e mal definidos carreiros desaparecem sob os penhascos rolados e as lascas de xisto. Embora o rei não tivesse chegado a expressar a sua opinião e ninguém se tivesse atrevido a pedir-lha por motivo tão de somenos, o oficial comandante-geral da cavalaria deu a sua aprovação, a rota pelas planícies de castela era realmente a mais indicada, a mais suave, praticamente, como já se disse, um passeio ao campo. Estava-se nisto, e dir-se-ia não haver qualquer razão para uma reconsideração do itinerário, quando o secretário pêro de alcáçova carneiro, casualmente informado do acordo, resolveu tomar cartas no assunto. Disse ele, Não me parece bem, senhor, isso a que estais a chamar passeio ao campo, se não usarmos de cautela, poderá vir a ter consequências negativas, muito sérias, mesmo graves, Não estou a ver porquê, senhor secretário, Imagine que viessem a surgir problemas de abastecimento com as populações durante a travessia de castela, tanto por causa da água como por causa das forragens, imagine que a gente de lá se recusa a quaisquer tratos de compra e venda connosco, mesmo indo isso contra os seus interesses no momento, Sim, pode suceder, reconheceu o oficial, Imagine também que as quadrilhas de bandoleiros, que as há por lá, muito mais que aqui, vendo tão reduzida a protecção que damos ao elefante, trinta soldados de cavalaria não são nada, Permita-me não concordar consigo, senhor secretário, se trinta soldados portugueses tivessem estado nas termópilas de um lado ou do outro, por exemplo, o resultado da luta teria sido diferente, Peço-lhe desculpa, senhor, longe de mim a intenção de ofender os brios do nosso glorioso exército, mas, torno a dizer, imagine que esses bandidos, que certamente sabem o que é o marfim, se juntam para atacar-nos, matar o elefante e arrancar-lhe os dentes, Tenho ouvido dizer que as balas não atravessam a pele desses animais, É possível, mas haveria certamente outras maneiras de o matar, o que peço a vossa alteza, sobretudo, é que pense na vergonha que para nós seria perder o presente para o arquiduque maximiliano numa escaramuça com bandoleiros espanhóis e em território espanhol, Que pensa então o senhor secretário que devamos fazer, Para a rota de castela só existe uma alternativa, a nossa própria, ao longo da fronteira, em direcção ao norte, até castelo rodrigo, São maus caminhos, disse o oficial, o senhor secretário não conhece aquilo, Pois não, mas não temos outra solução, e esta, ainda por cima, tem uma vantagem complementar, Qual, senhor secretário, A de podermos fazer a maior parte do percurso em território nacional, Pormenor importante, sem dúvida, o senhor secretário pensa em tudo.

Duas semanas depois desta conversação tornou-se evidente que o secretário pêro de alcáçova carneiro, afinal, não havia pensado em tudo. Um mensageiro do secretário do arquiduque chegou com uma carta em que, entre outras frioleiras que pareciam postas ali para desviar a atenção, se perguntava por que ponto da fronteira entraria o elefante, pois aí iria estar um destacamento militar espanhol ou austríaco para o receber. O secretário português respondeu pela mesma via, informando que a entrada se faria pela fronteira de castelo rodrigo, e, acto contínuo, começou a organizar o seu contra-ataque. Ainda que estas palavras possam parecer um exagero fora de propósito, tendo em conta que a paz reina entre os dois países ibéricos, a verdade é que o sexto sentido de que pêro de alcáçova carneiro é dotado não tinha gostado nada de ver na carta do seu colega espanhol aquela palavra receber. O homem podia ter usado os termos acolher ou dar as boas-vindas, mas não, ou dissera mais do que pensava ou, como se costuma dizer, fugira-lhe a boca para a verdade. Umas quantas instruções ao capitão de cavalos sobre o procedimento a seguir evitarão mal-entendidos, pensara pêro de alcáçova carneiro, se o outro lado estiver na mesma disposição. O resultado destes planos estratégicos está a ser anunciado pelo sargento, noutro lugar e uns quantos dias depois, neste preciso instante, Vêm aí atrás dois cavaleiros, meu comandante. O comandante olhou, era evidente que os ginetes, num trote largo e eficaz, vinham com pressa. O sargento tinha mandado fazer alto à coluna, e, pelo sim, pelo não, pusera os visitantes na mira discreta de umas quantas espingardas. Com os membros trémulos e a espuma a cair-lhes da boca, os cavalos resfolgaram quando os fizeram estacar. Os dois homens saudaram, e um deles disse, Somos portadores de uma mensagem do secretário pêro de alcáçova carneiro para o comandante da força que acompanha o elefante, Sou eu esse comandante. O homem abriu a mochila, retirou de lá um papel dobrado em quatro, selado com o timbre oficial da secretaria do reino, e entregou-o ao comandante, que se afastou umas dezenas de passos para o ler. Quando regressou brilhavam-lhe os olhos. Chamou o sargento de parte e disse-lhe, Sargento, mande dar de comer a estes homens e que lhes preparem um farnel para o caminho, Sim, meu comandante, Avise toda a gente de que, a partir de agora, avançaremos a marchas forçadas, Sim, meu comandante, E que o tempo da sesta será reduzido a metade, Sim, meu comandante, Temos de chegar a castelo rodrigo antes dos espanhóis, devemos consegui-lo, eles não estão prevenidos, nós, sim, E se não o conseguirmos, atreveu-se o sargento a perguntar, Consegui-lo-emos, de todos os modos quem chegar primeiro, espera. Tão simples como isto, quem chegar primeiro, espera, para isso não era preciso que o secretário pêro de alcáçova carneiro tivesse escrito a carta. Algo mais haverá.

Os lobos apareceram no dia seguinte. Tanto deles temos falado aqui que, por fim, decidiram mostrar-se. Não parecem vir com ânimo de guerra, talvez porque o resultado da caçada, durante as últimas horas da noite, tenha bastado para confortar-lhes o estômago, além disso, uma coluna destas, de mais de cinquenta homens, com uma boa parte deles armados, impõe respeito e prudência, os lobos podem ser maus, mas estúpidos não são. Peritos na avaliação relativa das forças em presença, as próprias e as alheias, não vão atrás de entusiasmos, não perdem a cabeça, talvez porque não tenham bandeira nem charanga para levá-los à glória, quando se lançam ao ataque é para ganhar, regra que, em todo o caso, como se verá um pouco mais adiante, admite alguma excepção. Estes lobos nunca tinham visto um elefante. Não é de estranhar que algum deles, mais imaginativo, tivesse pensado, se os lobos têm um pensamento paralelo aos processos mentais humanos, na sorte grande que seria para a alcateia dispor daquelas toneladas de carne logo à saída da toca, a mesa sempre posta, almoço, jantar e ceia. Não sabe o ingénuo canis lupus signatus, nome latino do lobo ibérico, que naquela pele nem as balas conseguem entrar, convindo no entanto reconhecer a enorme diferença que há entre uma bala das antigas, dessas que quase nunca sabiam aonde iam, e os dentes destes três representantes do povo lupino que, do alto do cabeço a que treparam, contemplam o animado espectáculo da coluna de homens, cavalos e bois que se prepara para uma nova etapa no caminho para castelo rodrigo. É bem possível que a pele de salomão não pudesse resistir por muito tempo à acção concertada de três dentaduras treinadas no duro ofício de comer o que aparece para sobreviver. Os homens fazem comentários sobre os lobos, e um deles diz para os que estão perto, Se alguma vez forem atacados por um bicho destes e só tiverem um pau para defender-se, arranjem-se de maneira que ele nunca consiga fincar-lhe os dentes, Porquê, perguntou alguém, Porque o lobo irá avançando pouco a pouco ao longo do pau, sempre com os dentes cravados na madeira, até chegar ao teu alcance e saltar-te em cima, Diabo de animal, Há que dizer que os lobos não são, por natureza, inimigos do homem, e, se às vezes o parecem, é porque somos para eles um obstáculo ao livre desfrute do que o mundo tem para oferecer a um lobo honrado, Em todo o caso aqueles três não parecem dar mostras de hostilidade ou más ideias a nosso respeito, Devem ter comido, além disso somos demasiados aqui para que se atrevessem a assaltar, por exemplo, um destes cavalos, que para eles representam um petisco de primeira classe, Vão-se embora, gritou um soldado. Era verdade. A imobilidade em que haviam permanecido todo o tempo desde que chegaram rompera-se. Agora, recortados primeiro contra o fundo de nuvens e movendo-se como se em vez de andar deslizassem, os lobos, um a um, desapareceram. Voltaremos a vê-los, perguntou o soldado, É possível, quanto mais não seja para saberem se ainda continuamos por aqui ou se algum cavalo ficou para trás estropeado, disse o homem que sabia de lobos. Lá adiante, o corneta fez ouvir a ordem de preparar para a marcha. Mais ou menos meia hora depois a coluna, pesadamente, começou a mover-se, à frente o carro de bois, a seguir o elefante e os homens para as forças, depois a cavalaria, e, a fechar o cortejo, o carro da intendência. A fadiga era geral. Entretanto, o cornaca já tinha dito ao comandante que o salomão vinha cansado, e não seria tanto por obra da distância percorrida desde lisboa como pelo péssimo estado dos caminhos, se insistirmos em chamar-lhes assim. O comandante respondeu-lhe que em um dia mais, no máximo dois, avistariam castelo rodrigo, Se formos os primeiros a chegar, acrescentou, o elefante poderá descansar os dias ou as horas que os espanhóis tardarem, descansará salomão e todos quantos aqui vão, homens e bestas, E se formos nós a chegar depois, Depende da pressa que eles tragam, das ordens que tenham, suponho que também hão-de querer descansar ao menos um dia, Vossa senhoria sabe que estamos à sua conta, por mim só desejo que, até ao fim, o seu benefício seja o nosso benefício, Assim há-de ser, disse o comandante. Deu de esporas ao cavalo e foi adiante, a animar o boieiro, de cuja ciência de condução dependia em muito a velocidade da progressão da coluna, Vamos, homem, espevita-me esses bois, gritou, castelo rodrigo já está perto, não tarda muito que possamos dormir uma noite debaixo de telha, E comer como gente, espero, desabafou o boieiro em surdina, para que não o ouvissem. Em todo o caso, as ordens dadas pelo comandante não caíram em saco roto. O boieiro chegou a ponteira da aguilhada ao cachaço dos bois, com efectivo e imediato resultado gritou umas palavras de incitamento no dialecto comum, um esticão brusco que se manterá talvez durante os próximos dez minutos ou um quarto de hora, assim o boieiro não deixe esmorecer a chama. Acamparam já com o sol-posto e as primeiras avançadas da noite, mais mortos do que vivos, famintos mas sem vontade de comer, tal era a fadiga. Felizmente, os lobos não voltaram. Se o tivessem feito poderiam ter circulado a seu bel-prazer pelo meio do acampamento e escolher, entre os cavalos, a mais suculenta vítima. É certo que um roubo tão desproporcionado não poderia prosperar, um equino é um animal demasiado grande para ser levado de arraste assim sem mais nem menos, mas se tivéssemos de descrever aqui o susto dos expedicionários quando dessem pela presença dos lobos infiltrados, de certeza não encontraríamos palavras bastante fortes, seria um salve-se quem puder. Dêmos graças ao céu por termos escapado a essa prova. Dêmos também graças ao céu porque já se avistam as imponentes torres do castelo, dá vontade de dizer como o outro, Hoje estarás comigo no paraíso, ou, repetindo as palavras mais terrenais do comandante, Hoje dormiremos debaixo de telha, é bem certo que os paraísos não são todos iguais, há-os com huris e sem huris, porém, para sabermos em que paraíso estamos basta que nos deixem espreitar à porta. Uma parede que proteja da nortada, um telhado que defenda da chuva e do sereno, e pouco mais é preciso para viver no maior conforto do mundo. Ou nas delícias do paraíso.

Quem venha seguindo com suficiente atenção este relato, terá já estranhado que depois do divertido episódio da patada que salomão aplicou ao padre da aldeia não tenha havido referência a outros encontros com os habitantes destas terras, como se viéssemos atravessando um deserto e não um país europeu civilizado que, ainda por cima, como nem a mocidade das escolas ignora, deu novos mundos ao mundo. Encontros, houve-os, mas de passagem, no sentido mais imediato do termo, isto é, as pessoas saíam das suas casas para ver quem vinha e davam com o elefante que a uns os fazia benzerem-se de pasmo e apreensão e a outros, ainda que apreensão também, suscitava o riso, é de crer que por causa da tromba. Nada, portanto, que se compare ao entusiasmo e à quantidade de rapazes e algum adulto desocupado que vêm correndo desde a vila à notícia da viagem do elefante, que não se sabe como chegou aqui, à notícia nos referimos, não ao elefante, que esse ainda tardará. Nervoso, excitado, o comandante deu ordem ao sargento para que mandasse perguntar a um dos rapazes mais crescidos se os militares espanhóis já tinham chegado. O rapaz devia ser galego porque respondeu à pergunta com outra pergunta, Que vêm eles cá fazer, vai haver guerra, Responde, chegaram, ou não chegaram os espanhóis, Não senhor, não chegaram. A informação foi levada ao comandante em cuja boca, no mesmo instante, apareceu o mais feliz dos sorrisos. Não havia dúvida, a sorte parecia decidida a favorecer as armas de portugal.

Ainda demoraram quase uma hora a entrar na vila, uma caravana de homens e animais perdidos de cansaço, que mal tinham forças para levantar o braço ou acenar com as orelhas em agradecimento aos aplausos com que os vizinhos de castelo rodrigo a recebiam. Um representante do alcaide guiou-os até à praça de armas da fortificação, onde podiam caber pelo menos dez caravanas como aquela. Aí esperavam-nos três membros da família dos castelões, que depois acompanharam o comandante a inspeccionar os espaços disponíveis para abrigar os homens, sem esquecer os que os espanhóis viriam a necessitar no caso de não bivacarem fora do castelo. O alcaide, a quem o comandante foi apresentar os seus respeitos depois da inspecção, disse, O mais provável é que instalem o acampamento fora das muralhas do castelo, o que, além do resto, teria a grande vantagem de reduzir a possibilidade de confrontações, Por que pensa vossa senhoria que poderá haver confrontações, perguntou o comandante, Com estes espanhóis nunca se sabe, desde que têm um imperador parece que andam com o rei na barriga, e muito pior ainda seria se em vez de virem os espanhóis viessem os austríacos, É má gente, perguntou o comandante, Julgam-se superiores aos mais, Isso é pecado geral, eu, por exemplo, julgo-me superior aos meus soldados, os meus soldados julgam-se superiores aos homens que vieram para o trabalho pesado, E o elefante, perguntou o alcaide, sorrindo, O elefante não joga, não é deste mundo, respondeu o comandante, Vi-o chegar de uma janela, de facto é um animal soberbo, gostaria de olhá-lo de mais perto, É todo seu quando quiser, Não saberia que fazer com ele, a não ser alimentá-lo, Previno vossa senhoria de que este bicho requer muito alimento, Assim tenho ouvido dizer, e não me apresento para ser proprietário de um elefante, sou um simples alcaide do interior, Isto é, nem rei nem arquiduque, Tal qual, nem rei nem arquiduque, só disponho do que posso chamar meu. O comandante levantou-se, Não lhe ocupo mais tempo, senhor, muito obrigado pela atenção com que me recebeu, Foi serviço do rei, comandante, só seria serviço meu se aceitasse ser hóspede desta casa enquanto permanecesse em castelo rodrigo, Agradeço o convite, que me honra muito mais do que poderá imaginar, mas devo estar com os meus homens, Compreendo, tenho obrigação de compreender, no entanto espero que não se escusará a uma ceia num dos próximos dias, Com todo o gosto, embora dependa do tempo que tiver de esperar, imagine que os espanhóis aparecem já amanhã, ou mesmo ainda hoje, Tenho esculcas no outro lado encarregados de dar aviso, Como o fazem, Com pombos-correios. O comandante pôs cara de dúvida, Pombos-correios, estranhou, tenho ouvido falar deles, mas, francamente, não acredito que um pombo seja capaz de voar durante tantas horas como dizem, em distâncias enormes, para ir dar, sem se enganar, ao pombal onde nasceu, Pois vai ter ocasião de verificar com os seus próprios olhos, se me permite mandarei chamá--lo quando o pombo chegar para que assista à retirada e à leitura da mensagem que ele trará atada a uma pata, Se isso acontecer, só faltará que as mensagens nos passem a chegar pelo ar sem precisarem das asas de nenhum pombo, Suponho que seria um pouco mais difícil, sorriu o alcaide, mas, havendo mundo, tudo poderá suceder, Havendo mundo, Não existe outra maneira, comandante, o mundo é indispensável, Não devo roubar-lhe mais tempo, Deu-me uma grande satisfação conversar com vossa mercê, Para mim, senhor alcaide, depois desta viagem, foi como um copo de água fresca, Um copo de água fresca que não lhe ofereci, Fica para a próxima vez, Não se esqueça do meu convite, disse o alcaide quando o comandante já descia a escadaria de pedra, Serei pontual, senhor.

Mal entrou no castelo, ordenou que se apresentasse o sargento, a quem deu instruções sobre o destino próximo dos trinta homens que tinham vindo para os trabalhos pesados. Uma vez que haviam deixado de ser necessários, ficariam ainda a descansar amanhã, mas regressariam no dia seguinte, Avise o pessoal da intendência para que prepare uma razoável quantidade de alimentos, trinta homens são trinta bocas, trinta línguas e uma quantidade enorme de dentes, claro que não será possível provê-los de comida para todo o tempo que levarem a chegar a lisboa, mas eles que se governem pelo caminho, trabalhando ou, Ou roubando, acudiu o sargento à suspensão para não deixar a frase inacabada, Que se arranjem como puderem, disse o comandante, recorrendo, à falta de melhor, a uma das frases que compõem a panaceia universal, à cabeça da qual se exibe, como exemplo perfeito da mais descarada hipocrisia pessoal e social, aquela que recomendava paciência ao pobre a quem se tinha acabado de negar a esmola. Os homens que haviam exercido de capatazes quiseram saber quando poderiam ir cobrar pelo trabalho, e o comandante mandou dizer que não sabia, mas que se apresentassem no paço e mandassem recado ao secretário ou a quem por ele pudesse responder, Mas aconselho-vos, a frase repetiu-a o sargento, palavra por palavra, a que não vades para lá todos juntos, pelo mau ar que dariam trinta maltrapilhos à porta do paço como se quisessem assaltá-lo, em minha opinião deverão ir os capatazes, e ninguém mais, e esses que tratem de ir tão asseados quanto lhes seja possível. Um deles, mais tarde, encontrando por acaso o comandante, pediu-lhe licença para falar, só queria dizer que tinha muita pena de não poder ir a valladolid. O comandante não soube que responder, durante alguns segundos olharam-se um ao outro em silêncio, e logo foi cada qual à sua vida.

Aos soldados, o comandante fez-lhes um rápido resumo da situação, esperariam ali que chegassem os espanhóis, ainda não se sabe quando será, por enquanto não há notícias, neste ponto conteve no último instante a referência aos pombos-correios, consciente dos inconvenientes de qualquer espécie de relaxação da disciplina. Não sabia que entre os subordinados havia dois amantes dos pombos, dois columbófilos, palavra talvez ainda não existente na época, salvo porventura entre iniciados, mas que já devia andar a bater às portas, com aquele ar falsamente distraído que têm as palavras novas, a pedir que as deixem entrar. Os soldados estavam de pé, em posição de repouso, postura esta que era executada ad libitum, sem preocupações de harmonia corporal. Tempo virá em que estar em repouso formal custará quase tanto esforço a um militar como a mais tensa das sentinelas, com o inimigo emboscado no outro lado da estrada. No solo, estendidas, havia paveias de feno com espessura suficiente para que as asas das omoplatas não tivessem de sofrer demasiado no contacto com a dureza intratável das lajes. Ensarilhadas, as espingardas alinhavam-se ao longo de uma parede. Provera a deus que não venha a ser necessário dar-lhes uso, pensou o oficial, preocupado com a possibilidade de que a entrega de salomão viesse a descambar, por falta de tacto de um lado ou do outro, em casus belli. Tinha bem presentes na memória as palavras do secretário pêro de alcáçova carneiro, também as explícitas, claro, mas sobretudo as que, apesar de não terem sido escritas, se subentendiam, isto é, se os espanhóis, ou os austríacos, ou uns e outros, vierem a mostrar-se antipáticos ou provocadores, deverá proceder-se em conformidade. O comandante não conseguia imaginar sob que pretexto os soldados que vinham a caminho, espanhóis ou austríacos sejam eles, se mostrariam provocadores, ou sequer apenas antipáticos. Um comandante de cavalaria não tem as luzes nem a experiência política de um secretário de estado, portanto fará bem em deixar-se guiar por quem mais sabe, até chegar, no caso de que chegue, a hora da acção. Estava o comandante dando voltas a estes pensamentos quando subhro fez a sua entrada na improvisada camarata onde algumas paveias de feno lhe haviam sido reservadas por diligência do sargento. Ao vê-lo, o comandante sentiu um desconforto que só poderia ser atribuído à incómoda consciência de que não se havia interessado pelo estado de saúde de salomão, não o tinha ido ver, como se, com a chegada a castelo rodrigo, a sua missão tivesse terminado. Como está o salomão, perguntou, Quando o deixei, dormia, respondeu o cornaca, Valente animal, exclamou com falso entusiasmo o comandante, Veio aonde o trouxeram, a força e a resistência nasceram com ele, não são virtude própria, Vejo-te muito severo com o pobre do salomão, Talvez seja por causa da história que um dos ajudas me acabou de contar, Que história é essa, perguntou o comandante, A história de uma vaca, As vacas têm história, tornou o comandante a perguntar, sorrindo, Esta, sim, foram doze dias e doze noites nuns montes da galiza, com frio, e chuva, e gelo, e lama, e pedras como navalhas, e mato como unhas, e breves intervalos de descanso, e mais combates e investidas, e uivos, e mugidos, a história de uma vaca que se perdeu nos campos com a sua cria de leite, e se viu rodeada de lobos durante doze dias e doze noites, e foi obrigada a defender-se e a defender o filho, uma longuíssima batalha, a agonia de viver no limiar da morte, um círculo de dentes, de goelas abertas, as arremetidas bruscas, as cornadas que não podiam falhar, de ter de lutar por si mesma e por um animalzinho que ainda não se podia valer, e também aqueles momentos em que o vitelo procurava as tetas da mãe, e sugava lentamente, enquanto os lobos se aproximavam, de espinhaço raso e orelhas aguçadas. Subhro respirou fundo e prosseguiu, Ao fim dos doze dias a vaca foi encontrada e salva, mais o vitelo, e foram levados em triunfo para a aldeia, porém o conto não vai acabar aqui, continuou por mais dois dias, ao fim dos quais, porque se tinha tornado brava, porque aprendera a defender-se, porque ninguém podia já dominá-la ou sequer aproximar--se dela, a vaca foi morta, mataram-na, não os lobos que em doze dias vencera, mas os mesmos homens que a haviam salvo, talvez o próprio dono, incapaz de compreender que, tendo aprendido a lutar, aquele antes conformado e pacífico animal não poderia parar nunca mais.

Um silêncio respeitoso reinou durante alguns segundos na grande sala de pedra. Os soldados presentes, embora não muito experimentados em guerras, baste dizer que os mais novos nunca haviam cheirado a pólvora nos campos de batalha, assombravam--se no seu foro íntimo pela coragem de um irracional, uma vaca, imagine-se, que havia mostrado possuir sentimentos tão humanos como o amor de família, o dom do sacrifício pessoal, a abnegação levada ao extremo. O primeiro a falar foi o soldado que sabia muito de lobos, A tua história é bonita, disse para subhro, e essa vaca merecia, pelo menos, uma medalha ao valor e ao mérito, mas há no relato algumas coisas pouco claras e até mesmo bastante duvidosas, Por exemplo, perguntou o cornaca em tom de quem já se preparava para a luta, Por exemplo, quem te contou esse caso, Um galego, E como o conheceu ele, Deve tê-lo ouvido a alguém, Ou lido, Não creio que saiba ler, Ouviu-o e decorou-o, Pode ser, eu contentei-me com repeti-lo o melhor que pude, Tens boa retentiva, tanto mais que a história vem contada numa linguagem nada corrente, Obrigado, disse subhro, mas agora gostaria de saber que coisas pouco claras e bastante duvidosas encontras tu no relato, A primeira é o facto de se dar a entender, ou melhor, é claramente afirmado que a luta entre a vaca e os lobos durou doze dias e doze noites, o que significaria que os lobos atacaram a vaca logo na primeira noite e se retiraram, provavelmente com baixas, na última, Não estávamos lá, não pudemos ver, Sim, mas os que conhecem alguma coisa sobre lobos sabem que esses animais, embora vivam em alcateia, caçam sozinhos, Aonde queres tu chegar, perguntou subhro, Quero chegar a que a vaca não poderia resistir a um ataque concertado de três ou quatro lobos, já não digo doze dias, mas uma única hora, Então, na história da vaca lutadora é tudo mentira, Não, mentira são só os exageros, os arrebiques de linguagem, as meias verdades que querem passar por verdades inteiras, Que crês tu então que se passou, perguntou subhro, Creio que a vaca realmente se perdeu, que foi atacada por um lobo, que lutou com ele e o obrigou a fugir talvez mal ferido, e depois se deixou ficar por ali pastando e dando de mamar ao vitelo, até ser encontrada, E não pode ter sucedido que viesse outro lobo, Sim, mas isso já seria muito imaginar, para justificar a medalha ao valor e ao mérito um lobo já é bastante. A assistência aplaudiu pensando que, bem vistas as coisas, a vaca galega merecia a verdade tanto como a medalha.

Reunida à primeira hora da manhã, a assembleia geral dos carregadores decidiu, sem votos contra, que o regresso a lisboa se haveria de cometer por rotas menos duras e perigosas que as da vinda, por caminhos mais afáveis e macios de piso e sem temer as miradas amarelas dos lobos e os sinuosos rodeios com que, pouco a pouco, vão acurralando os cérebros das suas vítimas. Não é que os lobos não apareçam nas regiões da costa do mar, pelo contrário, aparecem, e muito, e fazem grandes razias nos rebanhos, mas há uma diferença enorme entre caminhar entre penhascos que só de os olhar o coração estremece e pisar a areia fresca das praias de pescadores, gente boa sempre capaz de abrir mão de meia dúzia de sardinhas em pago de uma ajuda, mesmo que apenas simbólica, ao arraste do barco. Os carregadores já têm os seus farnéis e agora esperam que venham subhro e o elefante para as despedidas. Alguém teve a ideia, seguramente o próprio cornaca. E não se sabe como ela lhe terá surgido, uma vez que não há nada escrito sobre o assunto. Uma pessoa pode ser abraçada por um elefante, mas não há maneira nenhuma de imaginar o gesto contrário correspondente. E quanto aos apertos de mão, esses, seriam simplesmente impossíveis, cinco insignificantes dedos humanos jamais poderão abarcar uma patorra grossa como um tronco de árvore. Subhro mandara-os formar em linha dupla, quinze à frente e quinze atrás, deixando a distância de um côvado entre cada dois homens, o que indicava como provável que o elefante não teria que fazer mais que desfilar diante deles como se estivesse a passar revista à tropa. Subhro tomou outra vez a palavra para dizer que cada homem, quando salomão parasse na sua frente, deveria estender a mão direita, com a palma para cima, e esperar a despedida. E não tenham medo, salomão está triste, mas não está zangado, tinha-se habituado a vocês e agora descobriu que se vão embora, E como o soube ele, Essa é uma daquelas coisas que nem vale a pena perguntar, se o interrogássemos directamente, o mais certo seria não nos responder, Por não saber ou por não querer, Creio que na cabeça de salomão o não querer e o não saber se confundem numa grande interrogação sobre o mundo em que o puseram a viver, aliás, penso que nessa interrogação nos encontramos todos, nós e os elefantes. Imediatamente, subhro pensou que tinha acabado de proferir uma frase estúpida, daquelas que poderiam ocupar um lugar de honra na lista dos narizes-de-cera, Felizmente que ninguém me entendeu, murmurou enquanto se afastava para trazer o elefante, uma boa coisa que a ignorância tem é defender-nos dos falsos saberes. Cá fora os homens impacientavam-se, não viam a hora de se porem a caminho, iriam ao longo da margem esquerda do rio douro para maior segurança, até chegarem à cidade do porto, que tinha reputação de receber bem as pessoas e onde alguns, desde que se resolvesse a questão da cobrança do salário, o que só em lisboa poderia ser feito, já pensavam em estabelecer-se. Estava-se nisto, cada qual com os seus pensamentos, quando salomão apareceu, movendo pesadamente as suas quatro toneladas de carne e ossos e os seus três metros de altura. Alguns homens menos afoitos sentiram um aperto na boca do estômago só de imaginarem que alguma coisa poderia correr mal nesta despedida, assunto, o das despedidas entre espécies animais diferentes, sobre o qual, como dissemos, não existe bibliografia. Acolitado pelos seus auxiliares, a quem não falta muito para que se lhes acabe o dolce far niente em que têm vivido desde que saíram de lisboa, subhro vem sentado no amplo cachaço de salomão, o que só serviu para aumentar o desassossego dos homens alinhados. A pergunta estava em todas as cabeças, Como poderá ele acudir-nos se está lá tão alto. As duas filas oscilaram uma e outra vez, parecia que haviam sido sacudidas por um vento fortíssimo, mas os carregadores não se dispersaram. Aliás, seria inútil porque o elefante já se aproximava. Subhro fê-lo deter-se diante do homem que se encontrava no extremo direito da primeira fila e disse em voz clara, A mão estendida, a palma para cima. O homem fez o que lhe ordenavam, a mão ali estava, firme na aparência. Então o elefante pousou sobre a mão aberta a extremidade da tromba e o homem respondeu ao gesto instintivamente, apertando-a como se fosse a mão de uma pessoa, ao mesmo tempo que tentava dominar a contracção que se lhe estava a formar na garganta e que poderia, se deixada à solta, terminar em lágrimas. Tremia dos pés à cabeça, enquanto subhro, lá de cima, o olhava com simpatia. Com o homem ao lado repetiu-se mais ou menos a mímica, mas houve também um caso de rejeição mútua, nem o homem quis estender o braço nem o elefante avançou a tromba, uma espécie de antipatia fulminante, instintiva, que ninguém saberia explicar, uma vez que durante a viagem nada se passara entre os dois que pudesse anunciar semelhante hostilidade. Em compensação, houve momentos de vivíssima emoção, como foi o caso daquele homem que explodiu num choro convulsivo como se tivesse reencontrado um ser querido de quem havia muitos anos não tinha notícias. A este tratou-o o elefante com particular complacência. Passou-lhe a tromba pelos ombros e pela cabeça em carícias que quase pareciam humanas, tal eram a suavidade e a ternura que delas se desprendiam no menor movimento. Pela primeira vez na história da humanidade, um animal despediu--se, em sentido próprio, de alguns seres humanos como se lhes devesse amizade e respeito, o que os preceitos morais dos nossos códigos de comportamento estão longe de confirmar, mas que talvez se encontrem inscritos em letras de ouro nas leis fundamentais da espécie elefantina. Uma leitura comparativa dos documentos de ambas as partes seria certamente bastante elucidativa e talvez nos ajudasse a compreender a reacção negativa mútua que, muito a nosso pesar, por amor da verdade, tivemos de descrever acima. No fundo, talvez os homens e os elefantes não cheguem a entender-se nunca. Salomão acaba de soltar um barrito que deverá ter sido escutado numa légua ao redor de figueira de castelo rodrigo, não uma légua das nossas, mas das outras, mais antigas e bastante mais curtas. Os motivos e as intenções do berro estridente que lhe irrompeu dos pulmões não são facilmente decifráveis por pessoas como nós, que de elefantes sabemos tão pouco. E se a subhro fôssemos perguntar o que, na sua qualidade de perito, pensa sobre o assunto, o mais certo seria não querer comprometer-se dando-nos uma resposta evasiva, daquelas que fecham a porta a qualquer outro intento. Não obstante as incertezas, sempre presentes quando se falam idiomas diferentes, parece justificado admitir que o elefante salomão tenha gostado da cerimónia do adeus. Os carregadores já se haviam posto em marcha. A convivência com os militares tinha-os levado, quase sem darem por tal, a ganhar certos hábitos de disciplina como aqueles que possam resultar da ordem de formatura, por exemplo, escolher entre organizar uma coluna de dois ou de três de fundo, porquanto não é o mesmo disporem-se trinta homens de uma maneira ou da outra, no primeiro caso a coluna teria quinze filas, um exagero de extensão facilmente rompível à mais pequena comoção pessoal ou colectiva, ao que no segundo caso elas seriam reduzidas a um sólido bloco de dez, a que só faltariam os escudos para parecer a tartaruga romana. No entanto, a diferença é sobretudo psicológica. Pensemos que estes homens têm pela frente uma longa marcha e que o natural é que, no decurso dela, vão conversando para entreter o tempo. Ora, dois homens que tenham de caminhar juntos durante duas ou três horas seguidas, mesmo imaginando que seja grande o desejo de comunicação, acabarão fatalmente, mais cedo ou mais tarde, por cair em contrafeitos silêncios, quem sabe mesmo se odiar-se. Algum desses homens poderia não ser capaz de resistir à tentação de atirar o outro por uma ribanceira abaixo. Razão têm, portanto, as pessoas que dizem que três foi a conta que deus fez, a conta da paz, a conta da concórdia. Em três, ao menos, um qualquer poderá estar calado durante alguns minutos sem que se note demasiado. O pior é se um deles que tenha andado a pensar em eliminar outro para lhe ficar com o farnel, por exemplo, convida o terceiro a colaborar na repressiva acção, e este lhe responde, pesaroso, Não posso, já estou comprometido em ajudar a matar-te a ti.

Ouviu-se o trote esfogueado de um cavalo. Era o comandante que vinha para despedir os carregadores e desejar-lhes boa viagem, atenção que não se esperaria de um oficial do exército por reconhecidamente bom que seja o seu fundo moral, mas que não seria vista com bons olhos pelos superiores, acérrimos defensores de um preceito velho como a sé de braga, aquele que determina que terá de haver um lugar para cada coisa a fim de que cada coisa tenha o seu lugar e dele não saia. Como princípio básico de uma eficaz arrumação doméstica, nada mais louvável, mau é quando se pretenda distribuir a gente pelos cacifos da mesma maneira. O que parece mais do que evidente é que os carregadores, no caso de se virem a concretizar as conspirações de assassínio que germinam em algumas daquelas cabeças, não merecem estas delicadezas. Deixemo-los portanto entregues à sua sorte e vejamos que quer aquele homem que se aproxima a toda a pressa apesar de, pela idade, já não o ajudarem muito as pernas. As ofegantes palavras que disse quando chegou ao alcance da voz foram estas, O senhor alcaide manda avisar vossa senhoria de que o pombo já chegou. Afinal, sempre era verdade, os pombos-correios voltam a casa. A morada do alcaide não era longe dali, mas o comandante lançou o cavalo a uma velocidade tal que era como se pretendesse entrar em valladolid ainda antes da hora do almoço. Menos de cinco minutos depois apeava-se à porta da mansão, subia a escada a correr e ao primeiro criado que encontrou pediu que o conduzisse ao alcaide. Não foi preciso ir procurá-lo porque ele já vinha aí, trazendo na cara um ar de satisfação como só se supõe que o tenham os amantes da columbofilia perante os triunfos dos seus pupilos. Já chegou, já chegou, venha comigo, dizia com entusiasmo. Saíram para uma ampla varanda coberta onde uma enorme gaiola de cana ocupava boa parte da parede a que estava fixada. Ali está o herói, disse o alcaide. O pombo ainda tinha a mensagem atada à pata, situação que o proprietário achou conveniente esclarecer, Em geral, retiro a mensagem logo que o pombo pousa e faço-o porque não quero que comece a dar o trabalho por mal empregado, mas neste caso preferi esperar a sua chegada para lhe dar a si uma satisfação completa, Não sei como lho agradeça, senhor alcaide, creia que este é para mim um dia grande, Não duvido, comandante, nem tudo na vida são alabardas, alabardas, espingardas, espingardas. O alcaide abriu a porta da gaiola, introduziu o braço e agarrou o pombo, que não resistiu nem tentou escapar, como se já antes tivesse estranhado que não lhe dessem atenção. Com movimentos rápidos mas cuidadosos o alcaide desfez os nós, desenrolou a mensagem, uma estreita tira de papel que devia ter sido cortada assim para não entorpecer os movimentos da ave. Em frases breves, o esculca informava que os soldados eram couraceiros, uns quarenta, todos austríacos, como austríaco era também o capitão que os comandava, e não os acompanhava nenhum pessoal civil ou não se dava por ele.

Ligeiros de equipagem, comentou o comandante dos cavaleiros lusíadas, Assim parece, disse o alcaide, E armas, De armas não fala, imagino que não terá achado prudente incluir informações desse tipo, em compensação diz que, pelo andamento que trazem, deverão chegar à fronteira amanhã, sobre as doze do meio dia, Vêm cedo, Talvez devêssemos convidá--los para almoçar, Quarenta austríacos, senhor alcaide, nem pensar, por muito ligeiros de equipagem que se apresentem, comida sua devem trazer ou dinheiro para pagá-la, além disso, o mais certo é que não gostem do que nós comemos, sem falar de que alimentar quarenta bocas não é coisa que se faça do pé para a mão e nós, por nossa parte, já começamos a estar curtos de víveres, o meu parecer, senhor alcaide, é que cada um trate de si, enquanto deus trata de todos, Seja como for, não o dispenso da ceia de amanhã, Comigo pode contar, mas ou me engano muito ou está a pensar em convidar também o capitão dos austríacos, Louvo-lhe a perspicácia, E porquê esse convite, se não abuso demasiado da sua confiança ao perguntar, Será um gesto de apaziguamento político, Realmente espera que seja necessário semelhante gesto de apaziguamento, quis saber o comandante, A experiência já me ensinou que de dois destacamentos militares colocados frente a frente numa fronteira tudo se pode esperar, Farei o que puder para evitar o pior, não quero perder um só dos meus homens, mas se tiver de usar a força, não duvidarei um instante, e agora, senhor alcaide, dê-me licença para que me retire, o meu pessoal vai ter muito que fazer, a começar por assear os uniformes o melhor possível, com sol e com chuva temos levado quase duas semanas com eles postos, com eles dormimos, com eles nos levantamos, mais que um destacamento militar, parecemos uma avançada de mendigos, Muito bem, senhor comandante, amanhã, quando os austríacos chegarem, estarei consigo, como é minha obrigação, De acordo, senhor alcaide, se precisar de mim daqui até lá, já sabe onde pode encontrar-me.

Regressado ao castelo, o comandante mandou reunir a tropa. A arenga não foi longa, mas nela ficou dito tudo o que convinha saber-se. Em primeiro lugar, fosse qual fosse o pretexto, não seria permitida a entrada dos austríacos no castelo, mesmo que houvesse que recorrer às armas. Isto seria a guerra, continuou, e espero que não tenhamos de chegar a um tal extremo, mas tanto mais facilmente lograremos o que pretendemos, quanto mais depressa formos capazes de convencer os austríacos de que estamos a falar a sério. Esperaremos a chegada deles fora dos muros, e dali não nos moveremos ainda que façam menção de quererem entrar. Como comandante, eu me encarregarei dos palratórios, de vocês, nesses primeiros momentos, só desejo que cada rosto seja como um livro aberto numa página onde se encontrem escritas estas palavras, Aqui não entram. Se o conseguirmos, e, custe o que custar, teremos de consegui-lo, os austríacos serão obrigados a bivacar fora dos muros, o que irá colocá-los, logo de princípio, numa posição de inferioridade. É possível que nem tudo se passe com a facilidade que as minhas palavras parecem estar a prometer, mas garanto-vos que farei tudo para que os austríacos ouçam da minha boca uma resposta que não desfeiteará esta arma de cavalaria a que dedicámos as nossas vidas. Mesmo que não haja briga, mesmo que não venha a disparar-se um tiro, a vitória terá de ser nossa, como nossa também terá de ser se nos obrigarem a fazer uso das armas. Estes austríacos, em princípio, vinham a figueira de castelo rodrigo unicamente para nos dar as boas-vindas e acompanhar-nos a valladolid, mas temos razões para suspeitar que o seu propósito é levarem eles o salomão e deixarem-nos aqui com cara de parvos. Tão certo ser quem sou, vai-lhes sair o gado mosqueiro. Amanhã, antes das dez, quero duas atalaias na torre mais alta do castelo, não seja o caso de que eles tenham feito correr que chegarão ao meio-dia e venham apanhar-nos a dar água aos cavalos. Com austríacos nunca se sabe, rematou o comandante, sem se deter a pensar que, em matéria de austríacos, estes iriam ser os primeiros e provavelmente os únicos na sua vida.

O comandante tivera razão nas suas desconfianças, pouco havia passado das dez horas quando do alto da torre ressoaram os gritos de alarme das atalaias, Inimigo à vista, inimigo à vista. É certo que os austríacos, pelo menos na sua versão militar, não gozam de boa reputação entre esta tropa portuguesa, mas daí, sem mais aquelas, a chamar-lhes inimigos, vai uma distância que o senso comum não pode não recriminar severamente, chamando a atenção dos imprudentes para os perigos dos juízos precipitados e da tendência para as condenações sem provas. O caso, porém, tem uma explicação. Às atalaias tinha-se-lhes ordenado que dessem voz de alarme, mas ninguém se lembrou de lhes dizer, nem sequer o comandante, em geral tão precavido, em que deveria consistir essa voz. Perante o dilema de terem de escolher entre Inimigos à vista, que qualquer civil é capaz de perceber, e um tão pouco marcial As visitas estão a chegar, o uniforme que envergavam resolveu decidir por sua conta, exprimindo-se com o vocabulário e a voz que lhes são próprios. Ainda a última ressonância do alerta vibrava no ar e já os soldados acorriam às ameias para ver o tal inimigo, que, a esta distância, uns quatro ou cinco quilómetros, não passava de uma mancha quase negra que mal parecia avançar e que, contra as expectativas, não fazia rebrilhar as couraças que traziam postas. Um soldado desfez a dúvida, Não admira, têm o sol pelas costas, o que, reconheçamo-lo, é muito mais bonito, muito mais literário, que dizer, Estão em contraluz. Os cavalos, todos zainos e alazões com a pelagem em diversos tons de castanho, daí a mancha escura que formavam, avançavam a trote curto. Poderiam mesmo vir a passo que a diferença não se notaria, mas isso faria com que se perdesse o efeito psicológico de um avanço que pretende apresentar-se como imparável, mas que, ao mesmo tempo, sabe gerir os meios de que dispõe. É evidente que um bom galope de espadas ao alto, género carga da brigada ligeira, proporcionaria à galeria efeitos especiais muito mais espectaculares, mas, para uma vitória tão fácil como esta promete vir a ser, seria absurdo cansar os cavalos mais além do estritamente necessário. Isto havia pensado o comandante austríaco, homem de larga experiência em campos de batalha da europa central, e assim o fez transmitir aos militares sob as suas ordens. Entretanto, castelo rodrigo preparava-se para o combate. Os soldados, depois de ensilharem os animais, levaram-nos a passo para o exterior e aí os deixaram à guarda de meia dúzia de camaradas, os mais capacitados para uma missão que pareceria de simples pastoreio se à porta do castelo houvesse alguma coisa para comer. O sargento fora avisar o alcaide de que já vinha o austríaco, Ainda vão demorar um bocado, mas temos de estar preparados, disse, Muito bem, respondeu o alcaide, eu acompanho-o. Quando chegaram ao castelo, a tropa já estava formada em frente da entrada, tapando-lhe o acesso, e o comandante preparava-se para fazer a sua última arenga. Atraída pela exibição equestre gratuita e pela possibilidade de que o elefante também saísse, uma boa parte da população de figueira de castelo rodrigo, homens, mulheres, infantes e anciãos, tinha vindo juntar-se na praça, o que levou o comandante a dizer em voz baixa ao alcaide, Com toda esta gente a assistir, as hostilidades são pouco prováveis, Também penso isso, mas com o austríaco nunca se sabe, Teve más experiências com eles, perguntou o comandante, Nem más nem boas, nenhumas, mas sei que o austríaco existe sempre e isso, para mim, é quanto basta. Embora tivesse acenado com a cabeça em sinal de inteligência, o comandante não conseguiu captar a subtileza, salvo se se tomar austríaco como sinónimo de adversário, de inimigo. Resolveu por isso passar imediatamente à prelecção com que esperava levantar o ânimo desfalecente de algum dos homens. Soldados, disse, o destacamento austríaco está perto. Virão reclamar o elefante para o levarem para valladolid, mas nós não acataremos o pedido, ainda que ele venha a transformar-se em imposição sustentada pela força. Os soldados portugueses acatam disciplinadamente as ordens do seu rei e das suas autoridades militares e civis. De ninguém mais. A promessa do rei, de oferecer o elefante salomão a sua alteza o arquiduque de áustria, será pontualmente cumprida, mas só com o total respeito pelas formas por parte dos austríacos. Quando, de cabeça levantada, voltemos para casa, poderemos ter a certeza de que este dia será recordado para todo o sempre, de cada um de nós se há-de dizer enquanto houver portugal, Ele esteve em figueira de castelo rodrigo. O discurso não pôde chegar ao seu termo natural, isto é, quando a eloquência se esgotasse e se perdesse em lugares-comuns ainda piores, porque os austríacos já estavam a entrar na praça, trazendo à frente o seu comandante. Houve aplausos do povo reunido, mas escassos e de pouca convicção. Com o alcaide ao lado, o comandante da hoste lusitana adiantou o cavalo os poucos metros necessários para que se percebesse que estava a receber os visitantes de acordo com as mais requintadas regras de educação. Foi nesse instante que uma manobra dos soldados austríacos fez resplandecer de golpe, sob o sol, as couraças de aço polido. O efeito na assistência foi fulminante. Perante os aplausos e as exclamações de surpresa a saltar de todos os lados, era evidente que o império austríaco, sem disparar um só tiro, vencera a escaramuça inicial. O comandante português compreendeu que deveria contra-atacar imediatamente, mas não via a maneira. Salvou-o do transe o alcaide ao dizer em voz baixa, Como alcaide, devo ser o primeiro a falar, tenhamos calma. O comandante recuou um pouco o cavalo, consciente da enorme diferença, em potência e beleza, da sua montada em comparação com a égua alazã que o austríaco cavalgava. O alcaide já tomara a palavra, Em nome da população de figueira de castelo rodrigo, de que me honro de ser alcaide, dou as boas-vindas aos bravos militares austríacos que nos visitam e a quem desejo os melhores triunfos no desempenho da missão que aqui os trouxe, certo como estou de que eles contribuirão para o fortalecimento dos laços de amizade que unem os nossos dois países. Sejam pois bem-vindos a figueira de castelo rodrigo. Um homem montado numa mula chegou-se para a frente e falou ao ouvido do comandante austríaco, que afastou a cara com impaciência. Era o língua, o intérprete. Quando a tradução terminou, o comandante alçou a voz poderosa, acostumada a não ser escutada por ouvidos desatentos e muito menos desobedecida, Sabeis por que estamos aqui, sabeis que viemos buscar o elefante para levá-lo connosco a valladolid, é importante que não percamos tempo e comecemos já com os preparativos da transferência, de modo a que possamos partir amanhã o mais cedo possível, são estas as instruções que recebi de quem podia dar-mas e que farei cumprir de acordo com a autoridade de que me encontro investido. Estava claro que não se tratava de um convite à valsa. O alcaide murmurou, A ceia foi por água abaixo, Assim parece, disse o comandante. Depois levantou por sua vez a fala, As minhas instruções são diferentes, as que recebi, também de quem mas podia dar, são simples, levar o elefante a valladolid e entregá-lo ao arquiduque de áustria pessoalmente, sem intermediários. A partir destas palavras, deliberadamente provocativas e que talvez venham a ter consequências sérias, serão eliminadas do relato as versões alternadas do intérprete a fim de não só agilizar a justa verbal, mas também para que fique habilmente insinuada a ideia precursora de que a esgrima de argumentos de um lado e do outro estará a ser percebida por ambas as partes em tempo real. Ouve-se agora o comandante austríaco, Receio que a sua pouco compreensiva atitude esteja a impedir uma solução pacífica do diferendo que nos opõe, é evidente que o ponto central está em que o elefante, seja quem for que o leve, terá de ir para valladolid, porém, há pormenores prioritários a tomar em consideração, o primeiro dos quais é o facto de que o arquiduque maximiliano, ao declarar aceitar o presente, se tornou ipso facto proprietário do elefante, o que significa que as ideias de sua alteza o arquiduque sobre o assunto terão de prevalecer sobre quaisquer outras, por muito merecedoras de respeito que presumam ser, portanto, insisto, o elefante deve ser-me entregue agora mesmo, sem mais dilação, como única maneira de evitar que os meus soldados penetrem no castelo pela força e se apoderem do animal, Gostaria de ver como o lograriam, mas tenho trinta homens a cobrir a entrada do castelo e não estou a pensar em dizer-lhes que se retirem ou que abram alas para deixar passar os seus quarenta. Nesta altura a praça já estava quase deserta de paisanos, o ambiente começara a cheirar a esturro, em casos como este há sempre a possibilidade de uma bala perdida ou de uma pranchada cega pelas costas abaixo, enquanto a guerra não passa de um espectáculo, bem está, o mau é quando pretendem converter-nos em figurantes nela, ainda por cima sem preparação nem experiência. Foram, portanto, já poucos os que ainda ouviram a réplica do comandante austríaco à insolência do português, Os couraceiros sob o meu comando poderão, a uma simples ordem, varrer do campo, em menos tempo do que levo a dizê-lo, a fraca força militar que se lhes opõe, mais simbólica que efectiva, e assim será feito se não for imediatamente deposta a insensata obstinação de que o seu comandante está dando mostras, o que me obriga a avisar de que as inevitáveis perdas humanas, que no lado português, dependendo do grau de resistência, poderão vir a ser totais, serão de sua inteira e única responsabilidade, depois não venham para cá queixar-se, Uma vez que, se bem entendi, vossa senhoria se propõe matar-nos a todos, não vejo como poderemos depois queixar-nos, suponho que irá ter alguma dificuldade em justificar uma acção a esse ponto violenta contra soldados que não fazem mais que defender o direito do seu rei a estabelecer as regras para a entrega do elefante oferecido ao arquiduque maximiliano de áustria, que, neste caso, me parece ter sido muito mal aconselhado, tanto no plano político como no plano militar. O comandante austríaco não respondeu imediatamente, a ideia de que teria de justificar perante viena e lisboa uma acção de tão drásticas consequências dava-lhe voltas na cabeça, e a cada volta lhe parecia mais complicada a questão. Por fim, julgou ter encontrado uma plataforma conciliatória, propor que lhes fosse permitido, a ele e aos seus homens, entrar no castelo para se certificarem do estado de saúde do elefante. Suponho que os seus soldados não são alveitares, respondeu o comandante português, quanto a vossa senhoria, não sei, mas não creio que se tenha especializado na arte de curar bestas, portanto não vejo qualquer utilidade em deixá-los entrar, pelo menos antes que me seja reconhecido o direito a ir a valladolid fazer, pessoalmente, entrega do elefante a sua alteza o arquiduque de áustria. Novo silêncio do comandante austríaco. Vendo que a resposta não chegava, o alcaide disse, Eu falo com ele. Ao fim de alguns minutos regressava com uma expressão de contentamento no rosto, Está de acordo, Diga-lhe então, pediu o comandante português, que para mim será uma honra acompanhá-lo na visita. Enquanto o alcaide ia e vinha, o comandante português deu ordem ao sargento para mandar formar a tropa em duas alas. Adiantou o cavalo quando a manobra ficou concluída, até o pôr ao lado da égua do austríaco, e pediu ao intérprete que traduzisse, Seja outra vez bem-vindo a castelo rodrigo, vamos ver o elefante.

Tirante uma briga sem demasiada importância entre alguns soldados, três de cada lado, a caminhada para valladolid decorreu sem incidentes assinaláveis. Num gesto de paz digno de menção, o comandante português cedeu a organização da caravana, isto é, decidir quem vai à frente e quem vai atrás, ao bom alvedrio do capitão austríaco, o qual foi muito explícito na sua opção, Nós vamos à frente, o resto que se arrume como entender melhor ou, uma vez que já têm experiência, de acordo com a disposição da coluna com que saíram de lisboa. Havia duas excelentes e óbvias razões para terem escolhido ir à frente, a primeira era o facto de que, praticamente, estavam em casa, a segunda, ainda que não confessada, porque, em caso de céu descoberto, como agora, e até que o sol atingisse o zénite, isto é, durante as manhãs, teriam o chamado astro-rei de frente logo na primeira linha, com evidente benefício para o fulgor das couraças. Quanto a repetir a disposição da coluna, nós sabemos que tal não será possível, uma vez que os carregadores já vão a caminho de lisboa, com passagem pela que será, num futuro ainda distante, a invicta e sempre leal cidade do porto. De qualquer maneira, não havia que dar-lhe muitas voltas. Se se mantém vigente a norma de que o mais lento de uma caravana será aquele que marcará o passo, e portanto a velocidade do avanço, então não há dúvida, os bois marcharão atrás dos couraceiros, que terão naturalmente roda livre para galopar sempre que lhes apetecer, a fim de que o gentio que vier à estrada a ver o desfile não possa confundir churras com merinas, provérbio castelhano que utilizamos precisamente por em castela estarmos e não desconhecermos a capacidade sugestiva de um leve toque de cor local, sendo que as churras, para quem não saiba, são as lãs sujas e as merinas as lãs limpas. Ou, por outros termos, uma coisa são cavalos, ainda por cima montados por couraceiros chapeados de sol, e outra, muito diferente, duas juntas de magros bois a puxar um carro carregado com uma dorna de água e uns quantos fardos de forragem para um elefante que vem logo a seguir e traz um homem escarranchado no cachaço. Depois do elefante é que vem o destacamento de cavalaria português, ainda fremente de orgulho pela sua valerosa actuação na véspera, tapando com os seus próprios corpos a entrada do castelo. A nenhum dos soldados que aqui vai se lhe esquecerá, por muitos anos que viva, o momento em que após a visita ao elefante o comandante austríaco deu ordem ao seu sargento para montar o bivaque ali mesmo, na praça, É só por uma noite, justificou, ao abrigo de uns quantos carvalhos que, embora pela idade tivessem visto muita coisa, nunca soldados a dormirem positivamente ao relento ao lado de um castelo onde teriam podido alojar-se com toda a comodidade três divisões de infantaria com as respectivas bandas de música. O triunfo sobre as abusivas pretensões dos austríacos, que havia sido absoluto, era também, coisa rara em casos como estes, o triunfo do senso comum, porquanto, por muito sangue que tivesse corrido em castelo rodrigo, qualquer guerra entre portugal e áustria seria, não só absurda, como impraticável, a não ser que os dois países alugassem, por exemplo, à frança, uma porção do seu território, mais ou menos a meio caminho entre os dois contendores, para poderem alinhar as tropas e organizar os combates. Enfim, tudo está bem quando bem acaba.

Subhro não tem a certeza de vir a recolher alguma vantagem do tranquilizador ditado. Os basbaques que o vêem passar na estrada, alcandorado a três metros de altura e vestindo o seu colorido traje novo, o de ir ver a madrinha se a tivesse, que pôs, não por vaidade pessoal, mas para que o país donde vinha ficasse bem visto, imaginam que vai ali um ser dotado de poderes extraordinários, quando a realidade é que o pobre indiano treme só de pensar no seu futuro próximo. Crê que até valladolid terá emprego garantido, alguém lhe há-de pagar o tempo e o trabalho, parece pequena coisa viajar às costas de um elefante, mas isso diz quem nunca experimentou obrigá-lo, por exemplo, a ir para a direita quando ele quer ir para a esquerda. Porém, daí em diante os ares turvam-se. Que tenha pensado desde o primeiro dia que a sua missão era acompanhar salomão a viena, motivos julgava ter, porquanto isso entrava no domínio do implícito, uma vez que se um elefante tem o seu cornaca pessoal, é natural que aonde for um terá de ir o outro. Mas que lho tivessem dito, olhos nos olhos, isso nunca lho disseram. A valladolid, sim, mas nada mais. É portanto natural que a imaginação de subhro o tenha levado a representar-se a pior das situações possíveis, chegar a valladolid e encontrar outro cornaca à espera do testemunho para prosseguir a jornada e, chegado a viena, viver à tripa-forra na corte do arquiduque maximiliano. Porém, ao contrário do que qualquer poderia pensar, acostumados como estamos a colocar os baixos interesses materiais acima dos autênticos valores espirituais, não foi a comida e a bebida, e a cama feita todos os dias, que fizeram suspirar subhro, mas uma revelação súbita que, sendo revelação, súbita não o era em sentido rigoroso, pois os estados latentes também contam, a de amar aquele animal e não querer separar-se dele. Sim, mas se já estiver em valladolid outro cuidador à espera de tomar posse do cargo, as razões de coração de subhro pesarão nada na imparcial balança do arquiduque. Foi então que subhro, balouçando ao ritmo dos passos do elefante, disse em voz alta, lá em cima, onde ninguém o podia ouvir, Preciso de ter uma conversa a sério contigo, salomão. Felizmente não havia mais ninguém presente, julgariam que o cornaca estava doido e que, em consequência, a segurança da caravana corria sério risco. A partir deste momento os sonhos de subhro tomaram outra direcção. Como num caso de amores mal aceites, daqueles que toda a gente, não se sabe porquê, decide contrariar, subhro fugia com o elefante através de planícies, colinas e montanhas, ladeava lagos, atravessava rios e bosques, iludindo a perseguição dos couraceiros, a quem não lhes servia de muito o rápido galopar dos seus alazões, porque um elefante, quando quer, também é capaz do seu galopezinho. Nessa noite, subhro, que nunca dormia longe de salomão, aproximou-se mais dele, tomando cuidado em não o despertar, e começou a falar-lhe ao ouvido. Vertia as palavras para dentro da orelha, um sussurro ininteligível, que tanto podia ser híndi como bengali, ou uma linguagem só dos dois conhecida, nascida e criada em anos de solidão, que solidão foi, mesmo quando a interrompiam os gritinhos dos fidalgotes da corte de lisboa ou as galhofas do populacho da cidade e arredores, ou, antes disso, na longa viagem de barco que os trouxe a portugal, as chufas dos marinheiros. Por absoluto desconhecimento das línguas, não podemos revelar o que esteve a dizer subhro ao ouvido de salomão, mas, conhecidas as inquietantes expectativas que preocupam o cornaca, não é impossível imaginar em que terá consistido a conversação. Subhro, simplesmente, estava a pedir ajuda a salomão, fazendo-lhe umas certas sugestões práticas de comportamento, como, por exemplo, manifestar, pelos processos mais expressivos ao alcance de qualquer elefante, incluindo os radicais, o seu descontentamento pela separação forçada do cornaca, se esse viesse a ser o caso. Um céptico objectará que não se pode esperar muito de uma conversação destas, uma vez que o elefante não só não deu qualquer resposta à petição, como continuou a dormir placidamente. É não conhecer os elefantes. Se lhes falam ao ouvido em híndi ou em bengali, sobretudo quando estão a dormir, são tal qual o génio da lâmpada, que, mal saído da garrafa, pergunta, Que manda o meu senhor. Seja como for, estamos em condições de antecipar que nada acontecerá em valladolid. Logo na noite seguinte, movido pelo arrependimento, subhro foi dizer a salomão que não fizesse caso do que lhe havia pedido, que tinha sido pior que o pior dos egoístas, que aquelas não eram maneiras de resolver os assuntos, Se acontecer o que temo, sou eu quem deverá assumir as responsabilidades e tratar de convencer o arquiduque a que nos deixe continuar juntos, portanto, ouve-me, suceda o que suceder, tu não fazes nada, ouviste, não fazes nada. O mesmo céptico, se aqui estivesse, não teria outro remédio que depor por um instante o seu cepticismo e reconhecer, Bonito gesto, este cornaca é realmente um bom homem, não há dúvida de que as melhores lições nos vêm sempre da gente simples. Com o espírito em paz, subhro regressou à sua enxerga de palha e em poucos minutos adormecia. Quando despertou na manhã seguinte e recordou a decisão que havia tomado, não pôde evitar perguntar a si mesmo, E para que iria querer o arquiduque um cornaca se já está servido com este. E continuou a desfiar as suas razões, Tenho o capitão dos couraceiros por testemunha e abonador, viu-nos no castelo e é impossível que não tenha reparado que poucas vezes se terá visto uma conjunção mais perfeita entre um animal e uma pessoa, é verdade que de elefantes entenderá pouco, mas sabe bastante de cavalos, e isso já é alguma coisa. Que salomão tenha um bom fundo natural, toda a gente o reconhece, mas eu pergunto se com outro cornaca ele teria feito o que fez na despedida dos carregadores. Não que eu lho tivesse ensinado, quero deixá-lo aqui bem claro, aquilo foi coisa que lhe saiu espontaneamente da alma, eu próprio pensava que ele chegaria ali, faria, quando muito, um aceno com a tromba, soltaria um barrito, daria dois passos de dança e adeus, até à vista, mas, conhecendo-o como eu o conheço, comecei a perceber que andaria a congeminar naquela cabeçorra algo que nos iria deixar estupefactos a todos. Imagino que muito se terá escrito já sobre os elefantes como espécie e muito mais se haverá de escrever no futuro, mas duvido que algum desses autores tenha sido testemunha ou simplesmente ouvido falar de um prodígio elefantino que se possa comparar com aquele que, mal acreditando no que os meus olhos viam, presenciei em castelo rodrigo.

Na coluna dos couraceiros há diferenças de opinião. Uns, talvez por serem mais jovens e atrevidos, ainda com o sangue na guelra, defendem que o seu comandante deveria, custasse o que custasse, ter-se mantido até ao último reduto na linha estratégica com que entrou em castelo rodrigo, ou seja, a entrega imediata e sem condições do elefante, mesmo que viesse a ser preciso fazer uso persuasório da força. Tudo menos aquela súbita rendição perante as provocações sucessivas do capitão português, que até parecia ansioso por passar a vias de facto, embora devesse ter a certeza matemática de que acabaria derrotado no confronto. Pensavam estes que bastaria um simples gesto de efeito, como o desembainhar simultâneo de quarenta espadas à ordem de atacar para que a aparente intransigência dos esquálidos portugueses se desmoronasse e as portas do castelo fossem abertas de par em par aos vencedores austríacos. Outros, achando igualmente incompreensível a atitude desistente do capitão, consideravam que o primeiro erro fora chegar ao castelo e, sem mais aquelas, impor, Passem para cá o elefante, que não temos tempo a perder. Qualquer austríaco, nascido e criado na europa central, sabe que num caso como este haveria que saber dialogar, ser amável, interessar-se pela saúde da família, fazer um comentário lisonjeiro sobre o bom aspecto dos cavalos portugueses e a majestade imponente das fortificações de castelo rodrigo, e depois, sim, como quem subitamente recorda haver mais um assunto a tratar, Ah, é verdade, o elefante. Outros militares ainda, mais atentos às duras realidades da vida, argumentavam que se as coisas se houvessem passado como queriam os colegas, iriam agora na estrada com o elefante e sem nada que dar-lhe de comer, uma vez que não faria qualquer sentido que os portugueses tivessem deixado ir o carro de bois com os fardos de forragem e a dorna da água, e ficado em castelo rodrigo, não se sabe quantos dias, à espera do regresso, Isto só tem uma explicação, rematou um cabo que tinha cara de haver feito estudos, o capitão não trazia ordens do arquiduque ou de quem quer que fosse para exigir a entrega imediata do elefante, e foi só depois, durante o caminho ou já em castelo rodrigo, que a ideia lhe ocorreu, Se eu pudesse excluir os portugueses desta partida de naipes, pensou, as honras seriam todas para os meus homens e para mim. É legítimo perguntar como é possível chegar-se a oficial dos couraceiros austríacos com pensamentos destes e tão grave falta de sinceridade, pois, como até uma criança facilmente perceberia, a amistosa alusão aos soldados não passou de mera táctica para disfarçar a sua própria e exclusiva ambição. Uma pena. Somos, cada vez mais, os defeitos que temos, não as qualidades.

A cidade de valladolid decidiu pôr de manifesto as suas melhores galas para receber o paquiderme há tanto tempo esperado, chegando ao cúmulo, como se de procissão maior se tratasse, de pendurar umas quantas colgaduras dos balcões e fazer flutuar à brisa já quase outonal uns quantos pendões que ainda não haviam perdido de todo o colorido. Vestidas de lavado até onde naquelas difíceis épocas o permitia a pouca higiene, as famílias percorriam as ruas, estas bastante menos limpas, impelidas, as famílias, por duas ideias centrais, saber onde se encontrava o elefante e o que se iria passar depois. Havia desmancha--prazeres que afirmavam que o elefante era um boato, que talvez viesse um dia, sim, mas por enquanto não se podia saber quando tal aconteceria. Havia quem jurasse que o pobre animal, exausto, estava a repousar desde que chegara, ontem, após os longos e duros caminhos que tivera de percorrer para chegar a valladolid, primeiro entre lisboa e figueira de castelo rodrigo, depois entre a fronteira portuguesa e esta cidade que tinha a honra de albergar há dois anos, na qualidade de regentes de espanha, as excelsas pessoas de sua alteza real o arquiduque maximiliano e sua esposa, maria, filha do imperador carlos quinto. Isto se escreve para que se veja quão importante era este mundo de personagens, todas elas pertencentes às mais altas realezas, que viveram no tempo de salomão e que, de uma maneira ou outra, não só tiveram conhecimento directo da sua existência, mas também das épicas ainda que pacíficas façanhas que cometeu. Agora mesmo, o arquiduque e a esposa assistem, enlevados, ao asseio do elefante, em presença de membros distinguidos da corte e do clero e de alguns artistas expressamente chamados para imortalizarem no papel, na tábua ou na tela o semblante do animal e o seu imponente arcaboiço. Orienta as operações, em que, uma vez mais, não faltam a água a jorros e a escova de piaçaba de cabo comprido, o alter ego de salomão que é o indiano subhro. Subhro está feliz porque não viu, desde que chegou, há mais de vinte e quatro horas, qualquer sinal da intrusão de um outro cornaca, mas já foi informado oficialmente pelo intendente do arquiduque de que salomão, daqui em diante, passará a chamar-se solimão. Desgostou-o profundamente a mudança do nome, mas, como sói dizer-se, vão-se os anéis e fiquem os dedos. A aparência de solimão, resignemo-nos, não temos outro remédio que chamar-lhe assim, havia melhorado muito com a lavagem geral a que havia sido sujeito, mas tornou-se em autêntico esplendor, diríamos até deslumbramento, quando, com grande esforço, uns quantos criados lhe lançaram por cima uma enorme gualdrapa em que mais de vinte bordadores haviam trabalhado durante semanas, sem interrupção, uma obra que dificilmente encontrará par no mundo, tal a abundância de pedras que, embora não sendo de todo preciosas, brilhavam como se o fossem, mais o fio de ouro, os opulentíssimos veludos. Mal empregado tudo, rosnou para dentro o arcebispo, sentado a pouca distância do arquiduque, com aquilo que se malgastou com este bicho tinha-se bordado para a catedral um pálio magnífico, para não termos de sair sempre com o mesmo, como se fôssemos, em vez de valladolid, uma aldeia pelintra, dessas de por aí. Um gesto do regente interrompeu-lhe os subversivos pensamentos. Não foi necessário perceber as palavras, bastou o jogo das reais mãos, apontando, descendo, subindo, era claríssimo, o arquiduque queria falar com o cornaca. Acompanhado por um dignitário menor da corte, a subhro pareceu-lhe que estava sonhando um sonho já sonhado, quando, no imundo cercado de belém, foi conduzido a um homem de barbas compridas que era o rei de portugal, joão terceiro. Aquele senhor que agora o mandou chamar não usa barba, tem a cara perfeitamente escanhoada, e é, sem favor, uma bela figura de homem. A seu lado está sentada a formosíssima esposa, a arquiduquesa maria, em cujos rosto e corpo a beleza não irá durar muito porque parirá nem mais nem menos que dezasseis vezes, dez varões e seis fêmeas. Uma barbaridade. Subhro está parado diante do arquiduque, e aguarda as perguntas. Que nome é o teu, foi, como era mais do que previsível, a primeira delas, O meu nome é subhro, meu senhor, Sub, quê, Subhro, meu senhor, é esse o meu nome, E significa alguma coisa, esse teu nome, Significa branco, meu senhor, Em que língua, Em bengali, meu senhor, uma das línguas da índia. O arquiduque ficou calado durante alguns segundos, depois perguntou, És natural da índia, Sim, meu senhor, fui para portugal com o elefante, há dois anos, Gostas do teu nome, Não o escolhi, foi o nome que me deram, meu senhor, Escolherias outro, se pudesses, Não sei, meu senhor, nunca pensei em tal, Que dirias tu se eu te fizesse mudar de nome, Vossa alteza haveria de ter uma razão, Tenho-a. Subhro não respondeu, demasiado sabia que não é permitido dirigir perguntas aos reis, esse será o motivo por que sempre foi difícil, e às vezes mesmo impossível, arrancar-lhes uma resposta às dúvidas e às ralações dos seus súbditos. Então o arquiduque maximiliano disse, O teu nome é custoso de pronunciar, Já mo têm dito, meu senhor, Tenho a certeza de que em viena ninguém o irá entender, O mal será meu, meu senhor, Mas esse mal tem remédio, passarás a chamar-te fritz, Fritz, repetiu com voz dorida subhro, Sim, é um nome fácil de reter, além disso há já uma quantidade enorme de fritz na áustria, tu serás mais um, mas o único com um elefante, Se vossa alteza mo permite, eu preferiria continuar com o meu nome de sempre, Já decidi, e ficas avisado de que me enfadarei contigo se voltares a pedir-mo, mete na tua cabeça que o teu nome é fritz e nenhum outro, Sim, meu senhor. Então o arquiduque, levantando-se do sumptuoso assento que ocupava, disse em alta e sonora voz, Atenção, este homem acaba de aceitar o nome de fritz que lhe dei, isso e mais a responsabilidade de ser ele o cuidador do elefante solimão levam-me a determinar que por todos vós seja tratado com consideração e respeito, sob pena, em caso de desacato, de sofrerem os responsáveis as consequências do meu desagrado. O aviso não caiu bem nos espíritos, houve de tudo no brevíssimo murmúrio que se seguiu, acatamento disciplinado, ironia benevolente, irritação ofendida, imagine-se, ter de guardar respeito a um cornaca, a um domador, a um homem que fede a animais selvagens, como se fosse uma primeira figura no reino, o que vale é que em pouco tempo lhe passará ao arquiduque o capricho. Diga-se, no entanto, por amor da verdade, que um outro murmúrio não tardou a ouvir--se, um em que não se percebiam sentimentos hostis ou contraditórios, porque foi de pura admiração, quando o elefante levantou na tromba e em um dos dentes o cornaca e o depôs na sua ampla nuca, espaçosa como uma eira. Então o cornaca disse, Éramos subhro e salomão, agora seremos fritz e solimão. Não se dirigia a ninguém em particular, dizia-o a si próprio, sabendo que estes nomes nada significam, mesmo tendo eles vindo ocupar o lugar de outros que, sim, significavam. Nasci para ser subhro, e não fritz, pensou. Guiou os passos de solimão para o recinto que lhe havia sido consignado, um pátio do palácio que, apesar de interior, tinha fácil comunicação para fora, e ali o deixou com as suas forragens e a sua dorna de água, além da companhia dos dois ajudantes que de lisboa tinham vindo. Subhro, ou fritz, vai ser difícil que nos habituemos, necessita falar com o comandante, o nosso, que o dos couraceiros austríacos não voltou a aparecer, deve estar a penitenciar-se pela péssima figura que foi fazer em figueira de castelo rodrigo. Ainda não será para despedir-se, os lusíadas só partem amanhã, subhro apenas quer conversar um pouco sobre a vida que o espera, anunciar que lhes mudaram os nomes, a ele e ao elefante. E desejar-lhe, e aos seus soldados, boa viagem de regresso, enfim, adeus até nunca mais. Os militares estão acampados a pouca distância da cidade, num lugar arborizado, com um arroio de águas claras passando, onde a maior parte deles já se banhou. O comandante foi ao encontro de subhro e, achando--o com cara de caso, perguntou, Aconteceu alguma coisa, Mudaram-nos os nomes, agora sou fritz, e salomão passou a ser solimão, Quem fez isso, Fê-lo quem podia, o arquiduque, E porquê, Ele o saberá, no meu caso porque subhro lhe parece difícil de pronunciar, Enquanto não nos habituamos, Sim, mas ele não tem ninguém que lhe diga que deveria habituar-se. Houve um silêncio contrafeito, que o comandante rompeu o melhor que pôde, Partimos amanhã, disse, Já sabia, respondeu subhro, virei aqui para me despedir, Voltaremos a ver-nos, perguntou o comandante, O mais certo é que não, viena está longe de lisboa, Tenho pena, agora que já éramos amigos, Amigo é uma palavra grande, senhor, eu não sou mais que um cornaca a quem acabaram de mudar o nome, E eu um capitão de cavalaria dentro de quem algo também mudou durante esta viagem, Suponho que por ter visto lobos pela primeira vez, Vi um há muitos anos, quando era pequeno, já mal me lembro, A experiência dos lobos deve mudar muito as pessoas, Não creio que a causa tenham sido eles, Então o elefante, É mais provável, se bem que, podendo compreender mais ou menos um cão ou um gato, não consigo entender um elefante, Os cães e os gatos vivem ao nosso lado, isso facilita muito a relação, mesmo que nos equivoquemos, a contínua convivência resolverá a questão, já eles, não sabemos se se equivocam e disso têm consciência, E o elefante, O elefante, já lho disse no outro dia, é outra coisa, em um elefante há dois elefantes, um que aprende o que se lhe ensina e outro que persistirá em ignorar tudo, Como sabes tu isso, Descobri que sou tal qual o elefante, uma parte de mim aprende, a outra ignora o que a outra parte aprendeu, e tanto mais vai ignorando quanto mais tempo vai vivendo, Não sou capaz de te seguir nesses jogos de palavras, Não sou eu quem joga com as palavras, são elas que jogam comigo, Quando parte o arquiduque, Ouvi dizer que daqui a três dias, Vou sentir a tua falta, E eu a sua, disse subhro, ou fritz. O comandante estendeu-lhe a mão, subhro apertou-lha com pouca força, como se não quisesse magoá-lo, Vemo-nos amanhã, disse, Vemo-nos amanhã, repetiu o militar. Viraram costas um ao outro e afastaram-se. Nenhum deles olhou para trás.

No dia seguinte, cedo, subhro voltou ao acampamento, levando consigo o elefante. Acompanhavam--no os dois ajudantes, que subiram imediatamente para o carro de bois, onde pensavam desfrutar do mais agradável dos passeios. Os soldados esperavam a ordem de montar. O comandante aproximou-se do cornaca e disse, Aqui nos separamos, Desejo-lhes boa viagem, capitão, a si e aos seus homens, Tu e o salomão ainda têm muito caminho para andar daqui até viena, calculo que já será inverno quando lá chegarem, O salomão leva-me às costas, não me cansarei muito, Tanto quanto julgo saber, aquelas terras são de frio, neve e gelo, moléstias que nunca tiveste de sofrer em lisboa, Frio, algum, há que reconhecer, senhor, Lisboa é a cidade mais fria do mundo, disse o comandante sorrindo, o que lhe vale é estar onde está. Subhro sorriu também, a conversação era interessante, podia-se ficar ali o resto da manhã e a tarde, partir só no dia seguinte, que diferença ia fazer, pergunto eu, chegar a casa vinte e quatro horas mais tarde. Foi neste momento que o comandante resolveu fazer o seu discurso de adeus, Soldados, subhro veio despedir-se de nós e trouxe, para nossa alegria, o elefante cuja segurança tivemos a responsabilidade de proteger durante as últimas semanas. Ter partilhado as horas com este homem foi uma das mais felizes experiências da minha vida, talvez porque a índia saiba algumas coisas que nós desconhecemos. Não tenho a certeza de ter chegado a conhecê-lo bem, mas tenho-a, sim, de que ele e eu poderíamos ser, mais do que simples amigos, irmãos. Viena está longe, lisboa mais longe ainda, é provável que não nos vejamos nunca mais, e talvez seja melhor assim, que guardemos a recordação destes dias de tal maneira que se possa dizer que também nós, estes modestos soldados portugueses, temos memória de elefante. O capitão ainda continuou a falar uns cinco minutos mais, mas o essencial ficara já dito. Enquanto ele falava, subhro pensava no que faria o elefante, se se lembraria de algo similar ao que havia sido a despedida dos carregadores, mas a verdade é que as repetições decepcionam quase sempre, perdem a graça, nota-se que lhes falta espontaneidade, e, se a espontaneidade falta, falta tudo. Melhor seria que simplesmente nos separássemos, pensou o cornaca. O elefante, porém, não estava de acordo. Quando o discurso terminou e o capitão se aproximou de subhro para o abraçar, salomão deu dois passos em frente e tocou com o extremo da tromba, essa espécie de lábio palpitante, o ombro do militar. A despedida dos carregadores havia sido, digamos, mais cenográfica, mas esta, talvez porque os soldados estejam habituados a outro tipo de adeuses, tipo Honrai a pátria, que a pátria vos contempla, tocou-lhes as cordas sensíveis, e não foi um nem dois que tiveram de enxugar, envergonhados, as lágrimas às mangas do casaco ou da jaqueta, ou como quer que se chamasse na época a essa peça do vestuário militar. O cornaca acompanhou salomão na revista, dando-se também ele por despedido. Não era homem para permitir que se lhe desmandasse o coração em público, mesmo quando, como agora, lágrimas invisíveis lhe deslizam pela cara abaixo. A coluna pôs-se em movimento, levando o carro de bois à frente, acabou-se, não os voltaremos a ver neste teatro, a vida é assim, os actores aparecem, logo saem do palco, porque o próprio, o comum, o que sempre virá a acontecer mais tarde ou mais cedo, é debitarem as falas que aprenderam e sumirem-se pela porta do fundo, a que dá para o jardim. Adiante o caminho faz uma curva, os soldados detêm os cavalos para levantarem um braço e acenarem o último adeus. Subhro imita-lhes o gesto e salomão deixa sair da garganta o seu barrito mais sentido, é tudo quanto se lhes permite fazer, este pano caído não se levantará mais.

O terceiro dia amanheceu chuvoso, o que aborreceu especialmente o arquiduque, porquanto, não lhe faltando pessoal para organizar da maneira mais funcional e efectiva a caravana, tinha feito questão de ser ele a decidir em que lugar do cortejo deveria marchar o elefante. Era simples, exactamente à frente do coche que o transportaria a ele e à arquiduquesa. Um privado de confiança rogou-lhe que atendesse ao facto conhecido de que os elefantes, tal como, por exemplo, os cavalos, defecam e urinam em movimento, O espectáculo iria ofender inevitavelmente a sensibilidade de suas altezas, antecipou o privado fazendo cara da mais profunda inquietação cívica, ao que o arquiduque respondeu que não se preocupasse com o assunto, sempre haveria gente na caravana para limpar o caminho de cada vez que se produzissem tais deposições naturais. O mau era a chuva. Ao elefante, historicamente acostumado à monção, tanto assim que tinha dado pela falta dela nos últimos dois anos, não se lhe alterariam nem os humores nem o ritmo dos passos, o problema, realmente a requerer solução, era o arquiduque. Compreende-se. Atravessar meia espanha atrás de um elefante para o qual havia sido bordada aquela que talvez fosse a mais bela gualdrapa do mundo e não poder usá-la porque a chuva a danificaria seriamente a ponto de não servir nem para um pálio de aldeia, seria a pior das decepções do seu arquiducado. Ora, maximiliano não daria um passo enquanto solimão não estivesse devidamente tapado, com os enfeites da gualdrapa refulgindo ao sol. Eis portanto o que ele disse, Esta chuva terá de parar alguma vez, vamos esperar que escampe. E assim foi. Durante duas horas a chuva não cessou, mas ao cabo desse tempo o céu começou a clarear, nuvens havia-as, mas menos escuras, e de repente deixou de chover, o ar tornou-se mais leve, transparente à primeira luz do sol, enfim descoberto. De tão contente que ficou, o arquiduque permitiu-se dar uma palmada intencionalmente brejeira na coxa da arquiduquesa. Retomada a compostura, mandou vir um ajudante-de--campo a quem deu ordem de galopar até à cabeça da coluna, onde brilhavam os couraceiros, Que arranquem imediatamente, disse, temos de recuperar o tempo perdido. Neste entretanto, os criados responsáveis, com grande esforço, já tinham trazido a imensa gualdrapa e, seguindo as indicações de fritz, estenderam-na sobre o poderoso dorso de solimão. Vestido com um traje que em qualidade de tecidos e luxo de confecção deixava a perder de vista o que havia trazido de lisboa e que tanto afectara o equilíbrio do erário público local, fritz foi içado para o cachaço de solimão, donde, para a frente e para trás, podia desfrutar da imponente visão da caravana em toda a sua extensão. Acima dele ninguém viajava ali, nem sequer o arquiduque de áustria com todo o seu poder. Capaz de mudar os nomes a um homem e a um elefante, mas com os olhos à altura da mais comum das pessoas, era levado dentro de um coche onde os perfumes não conseguiam disfarçar de todo os maus cheiros exteriores.

É natural que se queira saber se toda esta caravana vai a caminho de viena. Esclareçamos já que não. Uma boa parte dos que vão viajando aqui em grande estado não irá mais longe que o porto de mar da vila de rosas, junto à fronteira francesa. Aí se despedirão dos arquiduques, assistirão provavelmente ao embarque, e sobretudo observarão com preocupação que consequências terá o súbito carregamento das quatro toneladas brutas de solimão, se o tombadilho do barco aguentará tanto peso, enfim, se não irão regressar a valladolid com uma história de naufrágio para contar. Os mais agoireiros prevêem danos causados à navegação e à segurança do barco pelo elefante, assustado com o balancear da embarcação, inseguro, incapaz de manter-se em equilíbrio nas pernas, Não quero nem pensar, diziam compungidos aos seus mais próximos, lisonjeando-se a si mesmos com a possibilidade de virem a poder dizer, Eu bem avisei. Esquecem os empata-festas que este elefante veio de longe, da índia remota, desafiando impávido as tormentas do índico e do atlântico, e ei-lo aqui, firme, decidido, como se não tivesse feito outra coisa na vida senão navegar. Por enquanto, porém, só se trata de andar. E quanto. Uma pessoa olha o mapa e fica logo cansada. E, no entanto, parece que tudo ali está perto, por assim dizer, ao alcance da mão. A explicação, evidentemente, encontra-se na escala. É fácil de aceitar que um centímetro no mapa equivalha a vinte quilómetros na realidade, mas o que não costumamos pensar é que nós próprios sofremos na operação uma redução dimensional equivalente, por isso é que, sendo já tão mínima coisa no mundo, o somos infinitamente menos nos mapas. Seria interessante saber, por exemplo, quanto mediria um pé humano àquela mesma escala. Ou a pata de um elefante. Ou a comitiva toda do arquiduque maximiliano de áustria.

Não passaram mais de dois dias e o cortejo já perdeu uma boa parte do seu esplendor. A persistente chuva que caiu na manhã da partida teve uma acção nefasta nos panejamentos dos coches e carruagens, mas também nas indumentárias daqueles que, por dever do cargo, tiveram de arrostar com a intempérie por mais ou menos tempo. Agora a caravana avança por uma região onde parece não ter chovido desde o princípio do mundo. A poeira começa a levantar--se logo à passagem dos couraceiros, a quem a chuva também já não havia poupado, pois uma couraça não é uma caixa hermética, as partes que a compõem nem sempre se ajustam bem umas às outras e as ligações feitas por correias deixam folgas por onde as espadas e as lanças podem penetrar quase sem obstáculo, afinal, todo aquele esplendor, orgulhosamente exibido em figueira de castelo rodrigo, não serve de muito na vida prática. Depois vem uma fila enorme de carros, galeras, coches e carruagens de todos os tipos e finalidades, as carroças de carga, os esquadrões da criadagem, e tudo isto levanta pó que, por falta de vento, ficará suspenso no ar até que a tarde se feche. Desta vez não se cumpriu o preceito de que a velocidade do mais lento determinará a velocidade geral. Os dois carros de bois que trazem a forragem e a água para o elefante foram relegados para o couce do cortejo, o que significa que de vez em quando é necessário mandar parar tudo para que o conjunto possa reconstituir-se. O que aborrece e irrita toda a gente, a começar pelo arquiduque, que já mal disfarça a sua contrariedade, é a sesta obrigatória de solimão, esse descanso de que mais ninguém beneficia a não ser ele, mas de que, afinal, todos acabam por aproveitar-se, embora insistam nas suas críticas, dizendo, Assim nunca mais chegaremos. A primeira vez que a caravana se deteve e começou a correr a notícia de que a causa era a necessidade de descanso de solimão, o arquiduque mandou chamar fritz para perguntar-lhe quem mandava ali, a pergunta não foi exactamente assim, um arquiduque de áustria nunca se rebaixaria a admitir que pudesse haver quem mandasse mais que ele onde quer que estivesse, mas, tal como a deixámos formulada, numa expressão de tom decididamente popular, a única resposta consentânea com a situação deveria ser meter-se fritz, de vergonha, pelo chão abaixo. Tivemos ocasião de verificar, porém, ao longo destes dias, que subhro não é homem para se assustar facilmente, e agora, neste seu novo avatar, é difícil, se não impossível, imaginá-lo calado por um ataque de timidez, com o rabo entre as pernas, dizendo, Dê-me as suas ordens, meu senhor. A resposta dele foi exemplar, Se o arquiduque de áustria não fez delegação da sua autoridade, o mando absoluto pertence-lhe por direito, tradição e reconhecimento dos seus súbditos naturais ou adquiridos, como é o meu caso, Falas como um letrado, Sou simplesmente um cornaca que fez algumas leituras na vida, Que se passa com solimão, que é isso de que tem de descansar durante a primeira parte da tarde, São costumes da índia, meu senhor, Estamos em espanha, não na índia, Se vossa alteza conhecesse os elefantes como eu tenho a pretensão de conhecer, saberia que para um elefante indiano, dos africanos não falo, não são da minha competência, qualquer lugar em que se encontre é índia, uma índia que, seja o que for que suceda, sempre permanecerá intacta dentro dele, Tudo isso é muito bonito, mas eu tenho uma longa viagem por diante e esse elefante faz-me perder três ou quatro horas por dia, a partir de hoje solimão descansará uma hora, e basta, Sinto-me um miserável por não poder estar de acordo com vossa alteza, mas, creia em mim e na minha experiência, não bastará, Veremos. A ordem foi dada, mas cancelada logo ao segundo dia. É preciso ser-se lógico, dizia fritz, assim como não estou a contar que alguém tenha a ideia de reduzir a um terço a quantidade de forragem e água de que solimão necessita para viver, também não posso consentir sem protesto que se lhe roube a maior parte do seu justo descanso, sem o qual também não poderia sobreviver ao esforço titânico que todos os dias se lhe exige, é certo que um elefante na selva indiana anda muitos quilómetros desde a manhã até ao anoitecer, mas está na terra que é sua, não num descampado como este, sem uma sombra a que possa acolher-se um gato. Não nos esquecemos de que quando fritz se chamava subhro não levantou qualquer objecção à redução do repouso de salomão de quatro para duas horas, mas esses tempos eram outros, o comandante da cavalaria portuguesa era um homem com quem se podia falar, um amigo, não um arquiduque autoritário como este, que, além de ser genro de carlos quinto, não se vê que outros méritos possua. Fritz estava a ser injusto, ao menos deveria ser obrigado a reconhecer que nunca ninguém havia tratado a solimão como este arquiduque de aústria de repente tão mal estimado. A gualdrapa, por exemplo. Nem sequer na índia os elefantes pertencentes aos rajás eram mimados assim. Fosse como fosse, o arquiduque não estava contente, havia demasiada rebelião no ar que se respirava. Castigar a fritz pelos seus atrevimentos dialécticos estaria mais do que justificado, mas o arquiduque sabia perfeitamente que não iria encontrar em viena outro cornaca. E se, por milagre, existisse essa rara avis, seria indispensável um período de compenetração mútua entre o elefante e o novo tratador, sem o que haveria que temer o pior do comportamento de um animal daquela corpulência, cujo cérebro, para qualquer ser humano, incluindo os arquiduques, não passava de uma aposta em que as esperanças de ganhar se apresentavam como praticamente nulas. O elefante, em realidade, era um ser outro. Tão outro que nada tinha que ver com este mundo, governava-se por regras que não se inseriam em nenhum código moral conhecido, a ponto de, como logo se viu, lhe ser indiferente viajar à frente ou atrás do coche arquiducal. Na verdade, os arquiduques já não podiam suportar mais o espectáculo repetido das dejecções de solimão, além de terem de receber nos seus delicados narizes, habituados a outros aromas, os fétidos odores que delas se desprendiam. No fundo, a quem o arquiduque queria castigar era a fritz, agora relegado para uma posição secundária depois de durante uns dias ter aparecido aos olhos de toda a gente como uma das grandes figuras da comitiva. Viaja à mesma altura que antes, mas do coche do arquiduque não poderá ver nunca mais que a parte traseira. Fritz suspeita que está a ser castigado, mas não pode pedir justiça, porque a mesma justiça, ao determinar a mudança de sítio do elefante na caravana, não fazia mais que impedir as moléstias sensoriais por ele causadas ao arquiduque maximiliano e a sua esposa maria, filha de carlos quinto. Resolvido este problema, o outro resolveu-se também, e foi nessa mesma noite. Animada pela relegação do elefante à qualidade de mero seguidor, maria pediu ao marido que se livrassem daquela gualdrapa, Creio que levá-la às costas é uma punição que o pobre solimão não merece, e além disso, Além disso, quê, perguntou o arquiduque, Com aquela espécie de paramento de igreja às costas, um animal tão grande, tão imponente, passado o primeiro efeito da surpresa, torna-se rapidamente ridículo, grotesco, e pior ainda irá sendo quanto mais olharmos para ele, A ideia foi minha, disse o arquiduque, mas penso que tens razão, vou mandar a gualdrapa ao bispo de valladolid, ele lhe encontrará destino, provavelmente, se em espanha ficássemos, voltaríamos a ver, bajo palio, um general dos mais bem vistos pela santa madre igreja.

Havia mesmo quem tivesse prognosticado que a viagem do elefante terminaria aqui, neste mar de rosas. Ou porque a prancha de acesso ao convés, incapaz de lhe suportar as quatro toneladas de peso, se rompesse, ou porque um balanço mais forte da onda lhe fizesse perder o equilíbrio e o lançasse de cabeça para baixo no pélago, a hora final teria chegado para o antigo e feliz salomão, agora tristemente baptizado com o bárbaro nome de solimão. A maior parte das nobres personagens que tinham vindo a rosas para se despedir do arquiduque nunca haviam visto na vida um elefante, nem pintado. Não sabem que um animal destes, sobretudo se viajou por mar em qualquer altura da sua vida, tem o que se costuma chamar pé marinheiro. Não se lhe peça que ajude à manobra, que suba às vergas para rizar as velas, que maneje o octante ou o sextante, mas ponham-no ali ao leme, firme nas grossas estacas que lhe fazem de pernas, e mandem vir uma tempestade das rijas. Verão como o elefante se enfrenta com os mais furiosos ventos contrários, navegando à bolina com a elegância e a eficácia de um piloto de primeira classe, como se essa arte estivesse contida nos quatro livros dos vedas que havia aprendido de cor na mais tenra infância e nunca mais esquecidos, mesmo quando os azares da vida determinaram que teria de ganhar o triste pão de cada dia transportando troncos de árvore de um lado para outro ou aturando a curiosidade boçal de certos amadores de espectáculos circenses de mau gosto. As pessoas estão muito enganadas a respeito dos elefantes. Imaginam que eles se divertem quando são obrigados a equilibrar-se sobre uma pesada esfera metálica, numa reduzida superfície curva em que as patas mal conseguem encontrar apoio. O que nos vale é o bom feitio dos elefantes, especialmente dos oriundos da índia. Pensam eles que é preciso ter muita paciência para aturar os seres humanos, inclusive quando nós os perseguimos e matamos para lhes serrarmos ou arrancarmos os dentes por causa do marfim. Entre os elefantes recordam-se com frequência as famosas palavras pronunciadas por um dos seus profetas, aquelas que dizem, Perdoai-lhes, senhor, porque eles não sabem o que fazem. Eles somos todos nós, e em particular estes que aqui vieram só pela casualidade de o verem morrer e que neste momento iniciaram o caminho de regresso a valladolid, frustrados como aquele espectador que seguia uma companhia de circo para onde quer que ela fosse só para estar presente no dia em que o acrobata caísse fora da rede. Ah, é verdade, um esquecimento que ainda vamos a tempo de corrigir. Além da sua indiscutível competência no manejo da roda do leme, em tantos séculos de navegação nunca se encontrou nada melhor que um elefante para trabalhar com o cabrestante.

Instalado o solimão num espaço do convés delimitado por barrotes, cuja função, não obstante a aparente robustez da estrutura, seria mais simbólica que real, uma vez que sempre ficaria dependente dos humores do animal, frequentemente erráticos, fritz foi à procura de novidades. A primeira, e a mais óbvia de todas, deveria atender à pergunta, A que porto vai o barco, perguntou a um marinheiro já idoso, com cara de boa gente, e dele recebeu a mais pronta, sintética e elucidativa das respostas, A génova, E isso, onde é, perguntou o cornaca. O homem pareceu ter dificuldade em entender como era possível que alguém neste mundo ignorasse onde se encontrava génova, pelo que se contentou com apontar na direcção do levante e dizer, Para aquele lado, Em itália, portanto, adiantou fritz, cujos reduzidos conhecimentos geográficos lhe permitiam, ainda assim, correr certos riscos. Sim, em itália, confirmou o marinheiro, E viena, onde está, insistiu fritz, Muito mais para cima, para além dos alpes, Que são os alpes, Os alpes são umas montanhas grandes, enormes, muito trabalhosas de atravessar, principalmente no inverno, não,

167

nunca lá fui, mas tenho ouvido dizer a viajantes que por lá andaram, Se é assim, o pobre salomão vai passar um mau bocado, veio da índia, que é terra quente, nunca conheceu o que são os grandes frios, nisso somos iguais, ele e eu, que também de lá vim, Quem é esse salomão, perguntou o marinheiro, Salomão era o nome que o elefante tinha antes de passar a chamar-se solimão, tal como sucedeu comigo que, tendo sido subhro desde que vim a este mundo, agora sou fritz, Quem vos mudou os nomes, Quem para isso tinha poder, sua alteza o arquiduque que vai neste barco, É ele o dono do elefante, tornou a perguntar o marinheiro, Sim, e eu sou o tratador, o cuidador, ou o cornaca, que é a palavra certa, o salomão e eu passámos dois anos em portugal, que não é o pior dos sítios para viver, e agora vamos a caminho de viena, que dizem ser o melhor, Pelo menos, essa fama tem-na, Oxalá o proveito seja de idêntica qualidade, e que dêem finalmente descanso ao pobre salomão, que não nasceu para tais andanças, para viagem já devia bastar a que tivemos de fazer entre goa e lisboa, o salomão pertencia ao rei de portugal, dom joão terceiro, que o ofereceu ao arquiduque, a mim calhou-me acompanhá-lo, primeiro na navegação para portugal e agora nesta caminhada para viena, A isso chama-se ver mundo, disse o marinheiro, Não tanto como andar de porto em porto, respondeu o cornaca, que não chegaria a terminar a frase porque se aproximava o arquiduque trazendo atrás de si o inevitável séquito, mas desta vez sem a arqui-

168

duquesa, a quem, pelos vistos, solimão tinha deixado de ser simpático. Subhro arredou-se do caminho, como se imaginasse que assim passaria despercebido, mas o arquiduque viu-o, Fritz, acompanha-me, vou ver o elefante, disse. O cornaca chegou-se para a frente sem saber bem onde poderia meter-se, mas o arquiduque tirou-o de dúvidas, Vai adiante e vê se tudo está em ordem, mandou. Foi uma sorte porque, na ausência do cornaca, solimão havia decidido que as tábuas do convés eram o melhor que podia haver para que ali mesmo fossem depositadas as suas urgências fisiológicas, e, em consequência, patinhava, literalmente, num tapete pastoso de excrementos e urina. Ao lado, para satisfazer, sem tardança, uma sede repentina, encontrava-se, ainda quase cheia, a dorna da água, além de alguns fardos de forragens, somente alguns, já que os restantes haviam sido descidos ao porão. Subhro raciocinou rapidamente. Pediu ajuda a uns marinheiros e, todos juntos, uns cinco ou seis homens, todos razoavelmente forçudos, levantaram de um lado a dorna e fizeram sair a água pelo outro lado, em cascata, direita ao mar. O efeito foi quase instantâneo. Sob o impulso da água, e graças também às suas qualidades dissolventes, o malcheiroso caldo de excrementos foi lançado pela borda fora, com excepção do que permanecera agarrado à parte inferior das patas do elefante, mas que um segundo jorro, menos abundante, se encarregou de deixar em estado mais ou menos aceitável, assim se demonstrando, uma vez mais, não só que o óptimo é inimigo do bom, mas também que o bom, por muito que se esforce, nunca chegará aos calcanhares do óptimo. O arquiduque já pode aparecer. Porém, enquanto chega e não chega, tranquilizemos os leitores, que tão preocupados têm andado pela falta de informações sobre o carro de bois que, ao longo das cento e quarenta léguas que separam valladolid de rosas, carregou com a dorna da água e os fardos de forragem. Costumam dizer os franceses, e já neste tempo principiavam a dizê-lo, que pas de nouvelles, bonnes nouvelles, logo, os leitores que desafoguem a preocupação em que têm estado a viver, o carro de bois vai no seu caminho, rumo a valladolid, onde donzelas de todas as condições estão entretecendo colares de flores para adornar com eles a cornamenta dos bovinos à chegada, e não se lhes pergunte por que razão particular o fazem, ao que parece uma delas ouviu dizer, não sabe já a quem, que era um costume antigo, talvez do tempo dos gregos e romanos, esse de se coroarem os bois de trabalho, e, tendo em conta que caminhar, entre ir e voltar, duzentas e oitenta léguas, não era insignificante labor, a ideia foi recebida com entusiasmo pela comunidade de nobres e plebeus de valladolid, que já estão a pensar na realização de um grande festejo popular com cavalhadas, fogos-de-artifício, bodo aos pobres e o mais que ainda vier a ocorrer à excitada imaginação dos habitantes. Com estas explicações, aliás indispensáveis à tranquilidade presente e futura dos leitores, falhámos a chegada do arquiduque ao elefante, com o qual, aliás, não se perdeu muito, pois no decurso deste relato, entre o descrito e o não descrito, o mesmo arquiduque já chegou muitas vezes aqui e ali, sem surpresas, pois as pragmáticas da corte a tal obrigam, ou então não seriam pragmáticas. Sabemos que o arquiduque se interessou pela saúde e pelo bem-estar do seu elefante solimão e que fritz lhe deu as respostas apropriadas, sobretudo aquelas que sua alteza arquiducal mais gostaria de escutar, o que mostra quanto o antigo e maltrapilho cornaca tem vindo a progredir na aprendizagem das delicadezas e manhas do perfeito cortesão, ele a quem a bisonha corte portuguesa, neste particular mais inclinada às beatices de confessionário e sacristia do que ao requinte dos salões mundanos, não tinha servido de guia, tanto mais que ao cornaca, confinado como sempre esteve à pouco asseada cerca de belém, nunca lhe haviam sido feitas propostas para melhorar a sua educação. Observou-se que o arquiduque franzia o nariz de vez em quando e fazia uso contínuo de um lencinho perfumado, o que, inevitavelmente, tinha de surpreender os olfactos de ferro da marinhagem, habituada a toda a espécie de pestilências, portanto de todo insensíveis ao pivete que, depois da baldeação, ainda havia ficado por ali, a pairar na atmosfera, apesar do vento. Cumprida a obrigação de proprietário preocupado com a segurança dos seus haveres, o arquiduque deu-se pressa em retirar-se, levando atrás de si, como sempre, a colorida cauda de pavão dos parasitas da corte.

Concluída a estivagem da carga, que desta vez precisou de alguns cálculos mais complexos que de costume por causa da existência de quatro toneladas de elefante arrumadas num espaço reduzido do convés, o barco ficou pronto para zarpar. Levantada a âncora, içadas, além de um pano redondo, as velas triangulares, recuperadas há um século e pico do seu remoto passado mediterrânico pelos marinheiros portugueses e a que depois se haveria de dar o nome de latinas, a nave balançou pesadamente na ondulação e, após o primeiro estalejar do velame, aproou a génova, na direcção de levante, tal como havia anunciado o marinheiro. A travessia durou três longos dias, quase sempre por mar agitado, com ventos fortes e uma chuva que desabava em bátegas furiosas sobre o dorso do elefante e as serapilheiras com que os marinheiros à manobra tentavam proteger-se da maior. O arquiduque, no quente com a arquiduquesa, não se deixou ver, todas as probabilidades apontam a que estaria a treinar-se para o terceiro filho. Quando a chuva cessou e a tormenta de vento perdeu o fôlego, os passageiros, com passos inseguros, piscando os olhos, começaram a emergir do interior do barco à frouxa luz do dia, a maior parte deles com a cara desfeita pelo enjoo e olheiras de meter medo, de nada lhes servindo, no caso dos couraceiros do arquiduque, por exemplo, o ar de postiça marcialidade que tentavam recuperar das remotas lembranças da terra firme, incluindo mesmo, se a tanto fosse necessário recorrer, as de castelo rodrigo, não obstante a vergonhosa derrota sofrida, sem que tivesse sido necessário disparar um tiro, perante os humildes ginetes portugueses, mal montados e mal municiados. Ao amanhecer do quarto dia, com mar calmo e céu descoberto, o horizonte era a costa da ligúria. A luz do farol de génova, a que os habitantes da cidade haviam dado o carinhoso nome de la lanterna, ia empalidecendo à medida que desabrochava a claridade matinal, mas era ainda suficientemente brilhante para guiar com segurança qualquer embarcação que demandasse o porto. Duas horas mais tarde, tendo recebido piloto, o barco penetrava na baía e deslizava lentamente, com quase todas as velas recolhidas, em direcção a um espaço despejado do cais onde, como era patente e manifesto, carruagens e carroças de diverso tipo e finalidades, quase todas atreladas a mulas, se encontravam a aguardar a caravana. Sendo as comunicações o que eram então, lentas, trabalhosas e pouco eficazes, é de presumir que, uma vez mais, os pombos-correios tivessem tido parte activa na complexa operação logística que tornou possível a recepção do barco a tempo e horas, sem demoras nem atrasos e sem que houvesse necessidade de ficarem uns à espera dos outros. Reconheça-se, já agora, que um certo tom irónico e displicente introduzido nestas páginas de cada vez que da áustria e seus naturais tivemos de falar, não só foi agressivo, como claramente injusto. Não que fosse essa a intenção nossa, mas, já sabemos que, nestas coisas da escrita, não é raro que uma palavra puxe por outra só pelo bem que soam juntas, assim muitas vezes se sacrificando o respeito à leviandade, a ética à estética, se cabem num discurso como este tão solenes conceitos, e ainda por cima sem proveito para ninguém. Por essas e por outras é que, quase sem darmos por isso, vamos arranjando tantos inimigos na vida.

Os primeiros a aparecer foram os couraceiros. Traziam os cavalos pela rédea para que não escorregassem na prancha de desembarque. As montadas, normalmente objecto dos máximos mimos e requintes, apresentam um ar descuidado em que é evidente a falta de uma escovagem a fundo que lhes realinhe o pêlo e faça brilhar as crinas. Tal como se nos mostram agora, qualquer um dirá que são a vergonha da cavalaria austríaca, juízo inadequado de quem parece ter esquecido a longuíssima viagem de valladolid a rosas, através de setecentos quilómetros de marchas contínuas, chuva e ventos desabridos, algum sol sudoroso pelo meio, e, sobretudo, pó, muito pó. Não admira que os cavalos que acabam de desembarcar tenham aquele aspecto de animais em segunda mão. Apesar de tudo, observe-se como, algo apartados do cais, por trás da cortina formada pelos carros, carruagens e outras carretas, os soldados, sob o mando directo do capitão já nosso conhecido, se esforçam por melhorar a aparência das suas montadas, a fim de que a guarda de honra a sua alteza, quando chegar a sua hora de desembarcar, tenha a dignidade que se espera em qualquer acto atinente à ilustre casa dos habsburgos. Como os arquiduques serão os últimos a sair do barco, são grandes as probabilidades de que os cavalos tenham tempo de recuperar ao menos uma parcela do seu habitual esplendor. Neste momento estão a ser descarregadas as bagagens, as dezenas de cofres, arcas e baús onde vêm a rouparia e os mil e um objectos e adornos que constituem o enxoval continuamente aumentado do nobre casal. Agora já há público, e que numeroso ele é. Como um rastilho, havia corrido a voz pela cidade de que estava desembarcando o arquiduque de áustria, e com ele um elefante da índia, o que teve como efeito imediato correrem ao porto dezenas de homens e mulheres, tão curiosos eles como elas, que em pouco tempo já eram centenas e começavam a dificultar as manobras de descarga e carga em curso. Ao arquiduque não o viam, que ainda não saíra dos seus aposentos, mas o elefante ali estava, de pé no convés, enorme, quase negro, com aquela grossa tromba tão flexível como um chicote, com aquelas presas que eram como sabres apontados, as quais, na imaginação dos curiosos, ignorantes do temperamento pacífico do solimão, teriam sido poderosas armas de guerra antes de chegarem a transformar-se, como inevitavelmente sucederá, nos crucifixos e relicários que têm coberto de marfim trabalhado o orbe cristão. A personagem que está gesticulando e dando ordens no cais é o intendente do duque. Ao seu olhar experimentado basta um rápido relance para decidir que carro ou que carroça deverá transportar este cofre, esta arca ou aquele baú. É uma bússola que por mais que a façam girar a um lado e a outro, por mais que a torçam e retorçam, sempre apontará o norte. Arriscamo-nos a dizer que está por estudar a importância dos intendentes, mas também dos varredores de ruas, no regular funcionamento das nações. Agora está a ser descarregada a forragem que viajou no porão de parceria com os luxos dos arquiduques, mas que a partir daqui será transportada em carros cuja característica principal é a funcionalidade, isto é, capazes de dar cómodo ao maior número de fardos possível. A dorna vai com eles, mas vazia, uma vez que, como adiante se há-de ver, pelos invernosos caminhos das terras itálicas do norte e da áustria não irá faltar a água para enchê-la quantas vezes forem necessárias. Agora irá desembarcar o elefante solimão. O rumoroso ajuntamento de populares genoveses freme de impaciência, de nervosismo. Se estas mulheres e estes homens fossem perguntados sobre que personagem estavam, neste momento, mais interessados em ver de perto, se o arquiduque, se o elefante, estamos que o elefante ganharia por larga diferença de votos. A ansiosa expectativa da pequena multidão desafogou-se num grito, o elefante tinha acabado de fazer subir com a ajuda da tromba, para cima de si, um homem levando o seu saco de pertences. Era subhro ou fritz, consoante se preferir, o cuidador, o tratador, o cornaca, aquele que tão humilhado havia sido pelo arquiduque e que agora, à vista do povo de génova reunido no cais, irá desfrutar de um triunfo quase perfeito. Escarranchado na nuca do elefante, com o saco entre as pernas, vestido agora com a sua suja indumentária de trabalho, observava com soberba de vencedor a gente que o olhava de queixo caído, sinal absoluto de pasmo segundo se diz, mas que, em verdade, talvez por absoluto ser, nunca pôde ser observado na vida real. Quando montava o salomão, a subhro sempre lhe havia parecido que o mundo era pequeno, mas hoje, no cais do porto de génova, alvo dos olhares de centenas de pessoas literalmente embevecidas pelo espectáculo que lhes estava sendo oferecido, quer com a sua própria pessoa quer com um animal em todos os aspectos tão desmedido que obedecia às suas ordens, fritz contemplava com uma espécie de desdém a multidão, e, num insólito instante de lucidez e relativização, pensou que, bem vistas as coisas, um arquiduque, um rei, um imperador não são mais do que cornacas montados num elefante. Com um toque do bastão, fez avançar o solimão em direcção à prancha. A parte da assistência que se encontrava mais perto recuou assustada, mais ainda quando o elefante, a meio da prancha, não se soube nem se saberá porquê, decidiu largar um barrito que, mal comparado, soou aos ouvidos daquela gente como as trombetas de jericó e fez desbandar os mais timoratos. Ao pisar o cais, porém, talvez por uma ilusão óptica, o elefante pareceu ter subitamente diminuído de altura e corpulência. Continuava a ser necessário olhá-lo de baixo para cima, mas já não era preciso torcer tanto o pescoço. É o que faz o hábito, a fera, embora continuando a amedrontar pelo tamanho, parecia haver perdido a auréola da oitava maravilha do mundo sublunar com que começara por apresentar-se aos genoveses, agora é um animal chamado elefante, e nada mais. Ainda imbuído do seu recente descobrimento sobre a natureza e os suportes do poder, a fritz não lhe caiu nada bem a mudança que tinha acabado de dar-se na consciência da gente, porém, faltava ainda o golpe de misericórdia do aparecimento dos arquiduques no convés acompanhados pelo seu séquito mais privado, sobressaindo desta vez a novidade de duas crianças trazidas ao colo de duas mulheres que de certeza teriam sido ou ainda são suas amas-de-leite. Uma dessas crianças, uma menina de dois anos, podemos anunciá-lo já, virá a ser a quarta esposa de filipe segundo de espanha e primeiro de portugal. Como sempre costuma dizer-se, pequenas causas, grandes efeitos. Fica assim satisfeito o interesse daqueles leitores que já viessem estranhando a falta de informações sobre a numerosa prole dos arquiduques, dezasseis filhos, recordamos, que precisamente a pequena ana inaugurou. Ora, como íamos dizendo, foi aparecer o arquiduque e rebentarem os aplausos e os vivas, que ele agradeceu com um gesto condescendente da mão direita enluvada. Não desceram pela prancha que até aí havia dado serventia à descarga, mas por uma outra ao lado, lavada e esfregada de fresco, para evitar o mínimo contacto com as conspurcações resultantes dos cascos dos cavalos, das patorras do elefante e dos pés descalços dos carregadores. Deveríamos felicitar o arquiduque pela competência do intendente que tem, o qual agora mesmo acaba de subir ao barco para inspeccionar os lugares, não vá ter caído alguma pulseira de diamantes entre duas tábuas mal ajustadas. Cá fora, a cavalaria de couraceiros, disposta em duas fileiras apertadas para caberem os animais todos, vinte e cinco de cada lado, aguardava a passagem de sua alteza. Já agora, se não fosse o temor de estarmos a cometer um gravíssimo anacronismo, apetecer-nos-ia imaginar que o arquiduque percorreu a distância até ao seu coche sob um baldaquino de cinquenta espadas desembainhadas, porém, é mais do que provável que esse tipo de homenagem tenha sido ideia de algum dos frívolos séculos posteriores. O arquiduque e a arquiduquesa já entraram no brilhante e adornado, e no entanto sólido, coche que os aguardava. Agora só há que esperar que a caravana se organize, vinte couraceiros à frente, a abrir a marcha, trinta atrás, a fechá-la, como força de intervenção rápida, para o caso pouco provável, mas não impossível, de um assalto de bandidos. É certo que não estamos na calábria ou na sicília, mas sim nas civilizadas terras da ligúria, às quais se hão-se seguir a lombardia e o veneto, mas, como no melhor pano cai a nódoa, como tantas vezes a sabedoria popular tem avisado, bem faz o arquiduque em manter a sua retaguarda protegida. Resta saber o que lhe virá do alto céu. Neste meio-tempo, aos poucos, a transparente e luminosa manhã tinha vindo a cobrir-se de nuvens.

A chuva esperava-os à saída de génova. Não há muito que estranhar, o outono vai adiantado, e esta bátega não é mais que o prelúdio do concerto, com amplo sortido de tubas, percussão e trombones, que os alpes já têm reservado para obsequiar a caravana. Felizmente para os menos defendidos contra o mau tempo, referimo-nos em particular aos couraceiros e ao cornaca, revestidos aqueles, como se fossem carochas de novo tipo, de um frio e desconfortável aço, empoleirado este no cachaço do elefante, onde mais contundentes se manifestam as nortadas e os gatos de sete rabos da neve, maximiliano segundo deu finalmente ouvidos à infalível sabedoria popular, aquela que anda a repetir desde as primeiras madrugadas do mundo que o prevenir será sempre melhor que o remediar. No percurso até à saída de génova, mandou deter a caravana por duas vezes a fim de serem adquiridos nos comércios de roupa feita abrigos para os couraceiros e para o cornaca, os quais abrigos, não podendo, por razões facilmente compreensíveis, dada a falta de planificação da produção, ser harmónicos no feitio e na cor, ao menos protegeriam do pior assalto do frio e da chuva os seus afortunados destinatários. Graças à providência do arquiduque pudemos presenciar a rapidez com que os soldados desprenderam dos arções os capotes que lhes haviam sido distribuídos e como, sem interromperem a marcha, se metiam dentro deles exibindo uma alegria militar poucas vezes observada na história dos exércitos. O mesmo fez, ainda que com maior discrição, o cornaca fritz, antigamente chamado subhro. Já aconchegado no grosso capote, ocorreu-lhe que a gualdrapa deixada ao pio gozo do bispo de valladolid teria sido de grande utilidade para um solimão que a chuva impiedosamente, lá nas alturas, maltratava. O resultado do temporal desfeito que com tanta rapidez tinha sucedido às primeiras e espaçadas bátegas, foi ter saído pouquíssima gente aos caminhos a festejar o solimão e a saudar sua alteza. Mal fizeram, pois outra ocasião não terão para ver passar, nos tempos mais chegados, um elefante ao natural. Quanto a passar o arquiduque, a culpa da incerteza tem-na a insuficiência de informação antecipada sobre as deslocações miúdas da quase imperial pessoa, pode ser que passe, pode ser que não. Mas, no que ao elefante se refere, não tenhamos dúvidas, não voltará a pisar estes caminhos. O tempo escampou ainda antes de entrarem em piacenza, o que permitiu uma travessia da cidade mais de acordo com a grandeza das personagens que iam na caravana, pois os couraceiros puderam despir os capotes e aparecer com todo o seu conhecido esplendor, em lugar da ridícula figura que tinham vindo a fazer desde a saída de génova, de casco de guerra na cabeça e um capote de surrobeco às costas. Desta vez juntou-se muita gente nas ruas, e, se o arquiduque foi aplaudido por ser quem era, o elefante, pelo mesmo motivo, não o foi menos. Fritz não tinha despido o abrigo. Achava que a grosseira indumentária lhe conferia, pela amplitude da confecção, mais própria de capa que de simples capote, um ar de soberana dignidade que condizia perfeitamente com a majestosa passada de solimão. A falar verdade, já não lhe importava tanto que o arquiduque lhe houvesse mudado o nome. É certo que fritz não conhecia o refrão clássico que diz que para viver em roma haverá que tornar-se romano, mas, embora não se sentisse nada inclinado a ser austríaco em áustria, cria ser aconselhável para a sua ambição de viver uma existência sossegada dar o menos possível nas vistas do vulgo, mesmo tendo que apresentar-se aos olhos da gente cavalgando um elefante, o que, porém, logo de entrada, já fazia dele um ser excepcional. Aqui vai, pois, embrulhado no seu capote, aspirando com delícia o leve cheiro a bedum exalado pelos panos húmidos. Marchava, como lhe havia sido ordenado na estrada de valladolid, atrás do coche do arquiduque, de modo que dava a ideia a quem de longe o visse de ir arrastando atrás de si a enorme fila de carroças e galeras de carga que compunham o cortejo, e em primeiro lugar, na sua peugada imediata, os carros com os fardos de forragem e a dorna da água que a chuva já fizera transbordar. Era um cornaca feliz, bem longe das estreitezas da vida em portugal, onde, praticamente, o tinham deixado a vegetar durante dois anos no cercado de belém, vendo partir as naus da índia e ouvindo as cantorias dos frades jerónimos. É possível que o nosso elefante pense, se aquela enorme cabeça é capaz de semelhante proeza, pelo menos espaço não lhe falta, ter razões para suspirar pelo antigo far niente, mas isso só poderia suceder graças à sua ignorância natural de que a indolência é o mais prejudicial que há para a saúde. Pior que ela só o tabaco, como lá mais para diante se há-de ver. Agora, porém, depois de trezentas léguas a andar, grande parte delas por caminhos que o diabo, apesar dos seus pés de bode, se negaria a pisar, solimão já não merece que lhe chamem indolente. Tê--lo-ia sido durante a permanência em portugal, mas isso são águas passadas, bastou-lhe ter posto o pé nas estradas da europa para logo ver acordarem em si energias de cuja existência nem ele próprio havia suspeitado. Tem-se observado com muita frequência este fenómeno nas pessoas que, pelas circunstâncias da vida, pobreza, desemprego, foram forçadas a emigrar. Frequentemente apáticas e indiferentes na terra onde nasceram, tornam-se, quase de uma hora para a outra, activas e diligentes como se lhes tivesse entrado no corpo o tão falado mas nunca estudado bicho-carpinteiro, desse falamos, e não daqueles, comuns, que se alimentam da madeira que roem e são também conhecidos pelos nomes de caruncho ou carcoma. Sem esperar que o acampamento implantado nos arredores de piacenza acabasse de ser montado, solimão já descansa nos braços do morfeu dos elefantes. E fritz, a seu lado, tapado com o capote, ressona como um bendito de deus. Manhã cedo, tocou a corneta. Tinha chovido durante a noite, mas o céu apresentava-se limpo. Oxalá não venha a cobrir-se de nuvens cinzentas, como sucedeu ontem. O objectivo mais próximo é a cidade de mântua, já na lombardia, famosa por muitas e excelentes razões, sendo uma delas um certo bufão da corte ducal chamado rigoletto, a cujas graças e desgraças, lá mais para diante, o grande giuseppe verdi porá música. A caravana não se deterá em mântua para apreciar as excelsas obras de arte que abundam na cidade. Mais abundarão em verona para onde, vista a estabilidade do tempo, o arquiduque tinha mandado avançar e que será o cenário escolhido por william shakespeare para a sua the most excelent and lamentable tragedy of romeo and juliet, não porque maximiliano segundo de áustria esteja particularmente curioso de amores que não são seus, mas porque verona, se não contarmos pádua, será o último passo importante antes de veneza, daí para diante vai ser tudo a subir em direcção aos alpes, para o frio norte. Ao que consta, os arquiduques já conhecem doutras viagens a bela cidade dos doges, aonde, por outro lado, não seria nada fácil fazer entrar as quatro toneladas do solimão, na suposição de que pensassem levá-lo como mascote. Um elefante não é bicho para acomodar-se numa gôndola, se é que elas já existiam naquela época, pelo menos com o feitio que agora têm, com a proa levantada e a fúnebre cor negra que as distingue entre todas as marinhas do mundo, e muito menos com um gondoleiro a cantar à popa. No fim de contas, talvez os arquiduques decidam dar uma volta pelo grande canal e sejam recebidos pelo doge, mas solimão, os couraceiros todos e a restante equipagem ficarão em pádua, de cara para a basílica de santo antónio, que de lisboa é, reivindiquemo-lo, e não de pádua, num espaço limpo de árvores e outras vegetações. Cada qual no seu lugar será sempre a melhor das condições para alcançar a paz universal, salvo se a sabedoria divina dispôs outra coisa.

Foi o caso, na manhã seguinte, de ter aparecido no ainda mal acordado bivaque um emissário da basílica de santo antónio. Embora não tivesse usado exactamente estes termos, disse vir a mandado de um superior da equipa eclesiástica do templo para falar com o tratador do elefante. Três metros de altura vêem-se de longe, e o vulto de solimão quase enchia o espaço celeste, mas, mesmo assim, o padre pediu que o levassem lá. O couraceiro que o acompanhou foi sacudir o cornaca, o qual, enrolado no capote, ainda dormia, Está aí um padre, disse. Optara por falar em castelhano, e foi o melhor que poderia ter

feito, dado que os limitados conhecimentos da língua alemã de que o cornaca se havia dotado até hoje ainda não lhe davam para compreender uma frase tão complexa. Fritz abriu a boca para perguntar que é que lhe queria o padre, mas logo a fechou, não fosse criar-se ali uma confusão linguística que não se sabe aonde os levaria. Levantou-se, pois, e dirigiu-se ao sacerdote, que esperava a uma distância prudente, Vossa paternidade quer falar comigo, perguntou, Assim é, meu filho, respondeu o visitante pondo nestas quatro palavras todas as reservas de unção de que podia dispor, Queira então dizer, padre, És cristão, foi a pergunta, Fui baptizado, mas pela minha cor e pelas minhas feições, vossa paternidade já deve ter visto que não sou de cá, Sim, suponho que serás indiano, mas isso não é impedimento de que sejas um bom cristão, Não serei eu a dizê-lo, já que tenho entendido que elogio em boca própria é vitupério, Venho fazer-te um pedido, mas antes quero que me digas se o teu elefante é dos ensinados, Ensinado, o que se chama ensinado, no sentido de saber umas quantas habilidades de circo, não o é, mas costuma comportar-se com a dignidade de um elefante que se respeita, Serás capaz de fazê-lo ajoelhar, nem que seja só com uma perna, Saiba vossa paternidade que nunca experimentei, mas tenho observado que o solimão se ajoelha motu proprio quando quer deitar-
-se, agora do que não posso ter a certeza é de que o faça se eu lho mandar, Podes experimentar, Saiba vossa paternidade que a ocasião não é a melhor, de manhã

solimão está quase sempre maldisposto, Posso voltar mais tarde, se achares conveniente, o que aqui me traz não é sangria desatada, embora muito conviesse aos interesses da basílica que acontecesse hoje, antes que sua alteza o arquiduque de áustria partisse para o norte, Acontecesse hoje, quê, se não sou demasiado confiado em perguntar, O milagre, disse o padre juntando as mãos, Que milagre, perguntou o cornaca ao mesmo tempo que sentia a cabeça a dar-lhe uma volta, Se o elefante fosse ajoelhar-se à porta da basílica, não te parece que seria um milagre, um dos grandes milagres da nossa época, perguntou o sacerdote tornando a unir as mãos, Não sei nada de milagres, na minha terra, lá onde eu nasci, não os há desde que o mundo ficou criado, imagino que toda a criação terá sido um milagre pegado, mas depois acabaram-se, Agora estou a ver que afinal não és cristão, Vossa paternidade decidirá, a mim deram-me uma besuntadela de cristianismo e baptizado sou, mas talvez ainda se perceba o que está por baixo, E que é o que está por baixo, Por exemplo, ganeixa, o deus elefante, aquele que está ali a sacudir as orelhas, vossa paternidade vai já perguntar-me como sei eu que o elefante solimão é um deus, e eu responderei que se há, como há, um deus elefante, tanto poderá ser aquele como qualquer outro, Pelo que ainda espero de ti, perdoo-te as blasfémias, mas, quando isto terminar, terás de confessar-te, E que espera vossa paternidade de mim, Que leves o elefante à porta da basílica e o faças ajoelhar-se ali, Não sei se serei capaz, Tenta-o, Imagine vossa paternidade que eu levo lá o elefante e ele se recusa a ajoelhar-se, embora eu não entenda muito destes assuntos, suponho que pior que não haver milagre é encontrar-se com um milagre falhado, Nunca terá sido falhado se dele ficaram testemunhas, E quem vão ser essas testemunhas, Em primeiro lugar, toda a comunidade religiosa da basílica e quantos cristãos dispostos consigamos reunir à entrada do templo, em segundo lugar, a voz pública que, como sabemos, é capaz de jurar o que não viu e afirmar o que não sabe, Incluindo acreditar em milagres que nunca existiram, perguntou o cornaca, São esses os mais saborosos, dão trabalho a preparar, mas o esforço que pedem é em geral compensador, além disso, aliviamos de maiores responsabilidades os nossos santos, E as de deus, A deus nunca o importunamos para que faça um milagre, é preciso respeitar a hierarquia, quando muito recorremos à virgem, que também é dotada de talentos taumatúrgicos, Quer-me parecer, disse o cornaca, que pela vossa igreja católica anda muito cinismo, Talvez, mas, se te falo com tanta franqueza, respondeu o sacerdote, é para que percebas que necessitamos mesmo esse milagre, esse ou qualquer outro, Porquê, Porque lutero, apesar de morto, anda a causar grande prejuízo à nossa santa religião, tudo quanto possa ajudar-nos a reduzir os efeitos da predicação protestante será bem-vindo, recorda que ainda só há pouco mais de trinta anos foram afixadas as suas nefandas teses às portas da igreja do castelo de wittenberg e o protestantismo vai alastrando como uma inundação por toda a europa, Não sei nada dessas teses, ou lá o que seja, Nem precisas de saber, basta que tenhas fé, Fé em deus, ou no meu elefante, perguntou o cornaca, Em ambos, respondeu o padre, E quanto vou eu ganhar com isto, À igreja não se pede, dá-se, Nesse caso, vossa paternidade deveria falar antes com o elefante, visto que dele é que dependerá o bom resultado da operação milagrosa, Tens uma língua descarada, tem cuidado, não a percas, Que é que me acontece se eu levar o elefante à porta da basílica e ele não se ajoelhar, Nada, a não ser que suspeitemos que a culpa seja tua, E se assim fosse, Terias fortes motivos para te arrependeres. O cornaca achou mais conveniente render-se, A que horas deseja vossa paternidade que eu leve o animal, perguntou, Quero-te lá ao meio-dia em ponto, nem um minuto mais, E eu espero que o tempo me chegue para meter na cabeça de solimão que terá de se ajoelhar aos pés de vossas paternidades, Não aos nossos, que indignos somos, mas do nosso santo antónio, e com estas pias palavras retirou-se o padre a dar conta aos seus superiores dos resultados da evangélica diligência, Mas há esperanças, perguntaram-lhe, As melhores, embora estejamos nas mãos do elefante, Um elefante não é um cavalo, não tem mãos, Foi uma maneira de falar, como dizer, por exemplo, que estamos nas mãos de deus, Com a grande diferença de que, efectivamente, estamos nas mãos de deus, Louvado seja o seu nome, Louvado seja, mas, tornando à vaca-fria, porquê estamos nós nas mãos do elefante, Porque não sabemos o que ele fará quando se encontrar diante da porta da basílica, Fará o que lhe mandar o cornaca, para isso é que está o ensino, Confiemos na benevolente compreensão divina dos factos deste mundo, se deus, como supomos, quer ser servido, convirá que dê uma ajuda aos seus próprios milagres, aqueles que melhor falarão da sua glória, Irmãos, a fé pode tudo, deus obrará no que faça falta, Amém, vozeou em coro a congregação preparando em mente o arsenal de orações adjuvantes.

Entretanto, fritz procurava, por todos os meios, que o elefante compreendesse o que pretendia dele. Não era tarefa fácil para um animal com opiniões firmes, que imediatamente associaria a acção de dobrar os joelhos à acção seguinte de deitar-se a dormir. Pouco a pouco, porém, depois de muitos golpes, um sem-número de pragas e algumas súplicas desesperadas, começou a fazer-se luz no até então renitente cérebro de solimão, isto é, que devia pôr-se de joelhos, mas não deitar-se. A minha vida, chegou a dizer-lhe fritz, está nas tuas mãos, o que mostra como as ideias podem propagar-se, não só por via directa, da boca ao ouvido, mas simplesmente porque pairam nas correntes atmosféricas que nos rodeiam, constituindo, por assim dizer, um autêntico banho de imersão no qual se aprende sem dar por isso. Dada a escassez de relógios, o que mandava naquela época era a altura do sol e o tamanho da sombra que ele fazia projectar no chão. Foi assim que fritz soube que o meio-dia se aproximava, portanto tempo de levar o elefante à porta da basílica, e a partir daí que seja o que deus quiser. Lá vai, cavalgando o cachaço de solimão, como outras vezes o temos visto, mas agora tremem--lhe as mãos e o coração, como se fosse um mísero aprendiz de cornaca. Penas perdidas foram. Chegado à porta da basílica, perante uma multidão de testemunhas que por todos os tempos vindouros irão certificar o milagre, o elefante, obedecendo a um ligeiro toque na orelha direita, dobrou os joelhos, não um, com o que já se daria por satisfeito o padre que viera com o requerimento, mas ambos, assim se vergando à majestade de deus no céu e dos seus representantes na terra. Solimão recebeu em troca uma generosa aspersão de água benta que chegou a salpicar o cornaca lá em cima, enquanto a assistência, unanimemente, caía de joelhos e a múmia do glorioso santo antónio estremecia de gozo no túmulo.

Nessa mesma tarde, dois pombos-correios, um macho e uma fêmea, levantaram voo da basílica em direcção a trento levando a notícia do portentoso milagre. Porquê a trento e não a roma, onde se encontra a cabeça da igreja, perguntar-se-á. A resposta é fácil, porque em trento está em curso, desde mil quinhentos e quarenta e cinco, um concílio ecuménico em que, pelo que se vai sabendo, se prepara o contra--ataque contra lutero e os seus seguidores. Baste dizer que já foram promulgados decretos sobre a sagrada escritura e a tradição, o pecado original, a justificação e os sacramentos em geral. Compreende-se portanto que a basílica de santo antónio, pilar da fé mais acendrada, necessite estar permanentemente instruída sobre o que se passa em trento, ali tão perto, a menos de vinte léguas de distância, um autêntico passeio à vol d'oiseau para pombos, que desde há anos andam em corrupio constante entre cá e lá. Desta vez, porém, a primazia noticiosa tem-na pádua, pois não é todos os dias que um elefante se ajoelha solenemente à porta de uma basílica, dando assim testemunho de que a mensagem evangélica se dirige a todo o reino animal e que o lamentável afogamento daquelas centenas de porcos no mar da galileia foi apenas resultado da falta de experiência, quando ainda não estavam bem lubrificadas as rodas dentadas do mecanismo dos milagres. O que importa hoje são as extensas filas de fiéis que se vêm formando no acampamento para ver o elefante e beneficiar do negócio da venda de pêlos do animal que fritz rapidamente organizou para suprir a falta de pagamento que da tesouraria da basílica ingenuamente esperara. Não censuremos o cornaca, outros que não fizeram tanto pela fé cristã nem por isso deixaram de ser abundantemente prebendados. Amanhã se dirá que uma infusão de pêlo de elefante, três vezes ao dia, é o mais soberano dos remédios nos casos de diarreia aguda e que o dito pêlo, macerado em óleo de amêndoas, resolve, pela via de fricções enérgicas do couro-cabeludo, também três vezes ao dia, as mais desesperadas situações de alopecia. Fritz não tem mãos a medir, no bolsinho que traz atado ao cinto as moedinhas já pesam, se o acampamento permanecesse aqui uma semana acabaria rico. Os clientes não são apenas os de pádua, também está a vir gente de mestre e até mesmo de veneza. Diz-se que os arquiduques não regressarão hoje, que talvez não regressem amanhã, que estão muito a seu gosto no palácio do doge, tudo motivos de alegria para fritz, que nunca julgou ter tantas razões para estar agradecido à casa dos habsburgos. Pergunta a si mesmo por que não lhe teria ocorrido nunca vender pêlos de elefante enquanto viveu na índia, e, em seu foro mais íntimo, pensa que, apesar da abundância exagerada de deuses, subdeuses e demónios que as infestam, há muito menos superstições nas terras onde nasceu do que nesta parte da civilizada e cristianíssima europa, que é capaz de comprar às cegas um pêlo de elefante e acreditar piamente nas patranhas do vendedor. Ter de pagar pelos próprios sonhos deve ser o pior dos desesperos. Afinal, contra os prognósticos do chamado jornal da caserna, o arquiduque regressou na tarde do dia seguinte, disposto a reempreender viagem tão cedo quanto fosse possível. A notícia do milagre havia chegado ao palácio do doge, mas de uma maneira bastante baralhada, resultado, desde o relato incompleto de alguma testemunha mais ou menos presencial até aos que simplesmente falaram por ouvir dizer, das transmissões sucessivas de factos verdadeiros ou supostos, ocorridos ou imaginados, pois, como demasiado sabemos, quem conta um conto não passa sem lhe acrescentar um ponto, e às vezes uma vírgula. Mandou o arquiduque chamar o intendente para que lhe aclarasse o sucedido, não tanto o milagre em si, mas as razões que haviam levado ao seu cometimento. Sobre este aspecto particular da questão, faltavam conhecimentos ao intendente, de modo que foi decidido chamar o cornaca fritz, que, graças à natureza das suas funções, algo de mais substancial deveria saber. O arquiduque atacou sem rodeios o assunto, Dizem-me que houve aqui um milagre durante a minha ausência, Sim, meu senhor, E que o fez solimão, Assim é, meu senhor, Quer dizer, o elefante resolveu, por sua conta, ir ajoelhar-se à porta da basílica, Eu não o diria dessa maneira, meu senhor, Então como o dirias tu, perguntou o arquiduque, Fui eu quem conduziu o solimão, Calculei que assim fosse, portanto essa informação é das dispensáveis, o que eu quero é saber em que cabeça nasceu a ideia, Eu, meu senhor, só tive de ensinar o elefante a ajoelhar-se à minha ordem, E a ti, quem te deu a ordem para que o fizesses, Meu senhor, não me está permitido falar do assunto, Alguém to proibiu, Não posso dizer que mo tenham proibido expressamente, mas ao bom entendedor meia palavra basta, Quem foi que proferiu essa meia palavra, Meu senhor, Terás motivos para te arrependeres amargamente se não responderes sem mais quês à pergunta, Foi um padre da basílica, Explica-te melhor, Disse que necessitavam um milagre e que esse milagre podia ser solimão a fazê-lo, E tu, que disseste, Que solimão não estava habituado a fazer milagres e que o intento podia correr mal, E o padre, Ameaçou-me que teria fortes motivos para me arrepender se não obedecesse, quase as mesmas palavras que vossa alteza acabou de usar, E que se passou depois, Levei o resto da manhã a ensinar o solimão a ajoelhar-se a um sinal meu, não foi nada fácil, mas acabei por consegui-lo, És um bom cornaca, Vossa alteza confunde-me, Queres um conselho, Sim, meu senhor, Aconselho--te a que não fales lá fora desta conversação entre nós, Assim farei, meu senhor, Para que não tenhas motivos de arrependimento, Sim, meu senhor, não o esquecerei, Vai-te e tira da cabeça de solimão essa ideia parrana de andar a fazer milagres ajoelhando--se à porta das igrejas, de um milagre deveria esperar--se muito mais, por exemplo, que crescesse uma perna onde outra tivesse sido cortada, imagina a quantidade de prodígios destes que poderiam fazer-se directamente no campo de batalha, Sim, meu senhor, Vai--te. Sozinho, o arquiduque começou a pensar que talvez tivesse falado em demasia, que a difusão destas suas palavras, se o cornaca desse com a língua nos dentes, não traria nenhum benefício à delicada política de equilíbrio que tem andado a manter entre a reforma de lutero e a reacção conciliar já a caminho. No fim de contas, como dirá henrique quarto de frança num futuro que não vem longe, paris vale bem uma missa. Ainda assim, uma pungente melancolia transparece no delgado rosto de maximiliano, talvez porque poucas coisas na vida doam mais que a consciência de haver traído os ideais da juventude. O arquiduque disse a si mesmo que já levava idade suficiente para não chorar o leite derramado, que os úberes pletóricos da igreja católica ali estavam, como de costume, à espera de mãos habilidosas que os ordenhassem, e os factos, até agora, haviam mostrado que as arquiducais mãos não eram de todo desprovidas desse mungidor talento diplomático, sob condição de que a dita igreja antevisse que o resultado do negócio da fé viria a ser, com o tempo, vantajoso para os seus interesses. Fosse como fosse, a história do falso milagre do elefante passava as marcas do tolerável, Os da basílica, pensou, perderam a cabeça, tendo um santo como aquele, homem para fazer dos cacos de um cântaro um cântaro novo ou, estando em pádua, ir pelos ares a lisboa para salvar o pai da forca, e logo vão pedir a um cornaca que lhes empreste o elefante para simular um milagre, ah lutero, lutero, quanta razão tinhas. Tendo assim desabafado, o arquiduque mandou chamar o intendente, a quem ordenou que dispusesse a partida para a manhã seguinte, direitos a trento em uma só etapa se for possível ou dormindo uma vez mais no caminho, se outro remédio não houver. Respondeu o intendente que a alternativa lhe parecia mais prudente, pois a experiência havia mostrado que não se podia contar com solimão para provas de velocidade, É mais um corredor de fundo, rematou, para logo prosseguir, Abusando da credulidade da gente, o cornaca tem estado a vender pêlos do elefante para mezinhas curativas que não vão curar ninguém, Diz-lhe da minha parte que se não acaba já com o negócio terá razões para lamentá-lo durante o tempo de vida que lhe restar, que certamente não será muito, As ordens de vossa alteza serão imediatamente cumpridas, é preciso pôr cobro à trapaça, a história dos pêlos de elefante está a desmoralizar a caravana, em especial os couraceiros calvos, Quero este assunto resolvido, não posso impedir que a fama do milagre de solimão nos persiga durante toda a viagem, mas ao menos que não se diga que a casa de habsburgo tira proveito das malfeitorias de um cornaca metido a embusteiro, cobrando o imposto sobre o valor acrescentado como se de uma operação comercial coberta pela lei se tratasse, Corro a resolver o caso, meu senhor, o cornaca não ficará a rir-se, é uma pena precisarmos tanto dele para conduzir o elefante até viena, mas espero que lhe sirva de emenda o que aconteceu, Vai, apaga-me esse fogo antes que alguém comece a queimar-se nele. Bem vistas as coisas, fritz não merecia tão severos juízos. Está bem que se acuse e denuncie o delinquente, mas uma justiça bem entendida deverá ter sempre em consideração as atenuantes, a primeira das quais, no caso do cornaca, seria reconhecer que a ideia do enganoso milagre não foi sua, que foram os padres da basílica de santo antónio quem tramou o embuste, sem o qual nunca teria passado pela cabeça de fritz a ideia de explorar o sistema piloso do causante do aparente prodígio para enriquecer-se. Tanto o nobre arquiduque como o seu serviçal intendente tinham a obrigação de lembrar-se, para reconhecimento dos seus pecados maiores e menores, uma vez que ninguém neste mundo está isento de culpas, e eles menos que muitos, daquele famoso ditado sobre a trave e o argueiro, que, adaptado às novas circunstâncias, ensina que é mais fácil ver a trave no olho do vizinho que o pêlo do elefante no próprio olho. De todo o modo, não é este um milagre que vá perdurar na memória dos povos e das gerações. Ao contrário do que teme o arquiduque, a fama do falso prodígio não os perseguirá durante o resto da viagem e em pouco tempo começará a dissipar-se. As pessoas que vão na caravana, sejam nobres ou plebeus, militares ou paisanos, terão muito mais em que pensar quando as nuvens que se amontoam sobre a região de trento, por cima das primeiras montanhas antes da muralha dos alpes, começarem a desfazer-se em chuva, quem sabe se em violento granizo, seguramente em neve, e os caminhos se cobrirem de resvaladiço gelo. E então é provável que algum dos que ali vão reconheça, finalmente, que o pobre elefante não passa de um cúmplice inocente neste grotesco episódio da história contabilística da igreja e que o cornaca não é mais do que um produto insignificante dos corrompidos tempos que nos calharam viver. Adeus, mundo, cada vez a pior.

Apesar do desejo formulado pelo arquiduque, não foi possível vencer em uma só etapa a distância entre pádua e trento. É certo que solimão se esforçou o mais que pôde, tanto quanto o pôde forçar o cornaca, que pareceu querer vingar-se do fiasco do seu bem iniciado e mal terminado negócio, mas os elefantes, mesmo quando são daqueles que alcançam as quatro toneladas de peso, também têm, fisicamente, os seus limites. Muita razão tinha o intendente quando o classificou como corredor de fundo. A bem dizer, foi melhor assim. Em lugar de chegarem ao lusco-fusco da tarde, quase noite, entraram em trento à hora do meio-dia, com gente nas ruas e os consequentes aplausos. O céu continuava coberto pelo que parecia uma pegada nuvem, de horizonte a horizonte, mas não chovia. Os meteorologistas da caravana, que, por vocação, eram quase todos os que nela iam, foram unânimes, Isto é neve, diziam, e da boa. Chegado o cortejo a trento, esperava-o uma surpresa na praça da catedral de são virgílio. No centro geométrico da dita praça erguia-se, mais ou menos em metade do tamanho natural, a estátua de um elefante, ou, melhor dizendo, uma construção de tábuas com todo o ar de terem sido aparelhadas meio à pressa, a qual, sem excessivos cuidados de exactidão anatómica, embora não lhe faltasse uma tromba arqueada nem uns dentes em que o marfim fora substituído por uma demão de tinta branca, devia estar representando a solimão, ou só podia representá-lo a ele, uma vez que outro animal da mesma espécie não era esperado por aquelas paragens nem constava que algum outro tivesse feito parte da história de trento, ao menos no passado recente. Quando encarou com a elefantídea figura, o arquiduque tremeu. Estavam confirmados os seus piores temores, a notícia do milagre havia chegado até aqui e as autoridades religiosas do burgo, que já bastante se aproveitavam, material e espiritualmente, da celebração do concílio no interior dos seus muros, tinham visto confirmada a santidade, por assim dizer adjacente, de trento em relação a pádua e à basílica de santo antónio, e assim decidiram manifestá-lo levantando em frente da catedral onde se vinham reunindo desde há anos os cardeais, os bispos e os teólogos, uma armação sumária que figurava a milagreira criatura. Firmando melhor a vista, o arquiduque notou que no dorso do elefante havia umas portinholas grandes, uma espécie de alçapões que imediatamente lhe fizeram recordar aquele famosíssimo cavalo de tróia, embora fosse mais do que evidente que na barriga da estátua não haveria espaço suficiente nem para uma esquadra de infantes, a não ser que fossem liliputianos, e então nunca poderiam ser tal, uma vez que a palavra ainda não existia. Para tirar-se de dúvidas, o desassossegado arquiduque deu ordem ao intendente para que fosse averiguar que demónios estava fazendo ali aquele mal ensamblado mostrengo que tanta inquietação lhe estava causando. O intendente foi por notícias e voltou com elas. Não havia motivo para sustos. O elefante fora feito para festejar a passagem de maximiliano de áustria pela cidade de trento, e a sua outra finalidade, que realmente a tinha, seria servir de suporte para os fogos-presos que ao cair da noite irromperiam da respectiva carcaça. Respirou aliviado o arquiduque, afinal o feito do elefante não merecera em trento qualquer especial consideração, salvo talvez a de vir a acabar reduzido a cinzas, pois havia fortes probabilidades de que os rastilhos do fogo-de--artifício acabassem por pegar à madeira, proporcionando aos assistentes um final que muito anos mais tarde, infalivelmente, viria a receber o qualificativo de wagneriano. Assim sucedeu. Depois de um vendaval de cores, em que o amarelo do sódio, o vermelho do cálcio, o verde do cobre, o azul do potássio, o branco do magnésio, o dourado do ferro, obraram prodígios, em que as estrelas, os repuxos, as vagarosas candeias e as cascatas de luminárias jorraram do interior do elefante como de uma inesgotável cornucópia, a festa acabou em uma grande fogueira que não poucos trentinos aproveitaram para aquecer as mãos, enquanto solimão, abrigado sob um alpendre construído adrede, ia dando conta do seu segundo fardo de forragem. Aos poucos a fogueira foi-se convertendo em ardente brasido, mas o frio não deixou que ele durasse muito, as brasas transformaram-se rapidamente em cinzas, porém, nesta altura, terminado o espectáculo principal, já o arquiduque e a arquiduquesa se haviam retirado. A neve começou a cair.

Aí estão os alpes. Sim, estão, mas mal se vêem. A neve desce de manso, como leves farrapos de algodão-em-rama, mas essa suavidade é enganosa, que o diga o nosso elefante, que leva às costas, cada vez mais visível, uma mancha de gelo que já deveria ter sido objecto da atenção do cornaca se não fosse a circunstância de ele ser oriundo das terras quentes onde esta espécie de inverno nem sequer por imaginação se concebe. Claro que na velha índia, lá para o norte, não hão-de faltar montanhas e neve em cima delas, mas subhro, agora fritz, nunca gozou de meios para viajar por seu próprio prazer e ver mundo. A sua única experiência de neve teve-a em lisboa poucas semanas depois de haver chegado de goa, quando, numa noite fria, viu descer do céu uma poalha branca, como farinha caindo da peneira, que se derretia mal tocava o solo. Nada portanto que se pareça com a vastidão branca que tem diante dos olhos, até onde a vista pode alcançar. Em pouco tempo, os farrapos de algodão tinham-se convertido em grandes e pesados flocos que, empurrados pelo vento, vinham fustigar como bofetadas a cara do cornaca. Escarranchado na nuca de solimão, embrulhado no capote, fritz não sentia demasiado o frio, mas aqueles golpes contínuos, incessantes, inquietavam-no como uma ameaça perigosa. Tinham-lhe dito que de trento a bolzano era, por assim dizer, um passeio, aí umas dez léguas, ou um pouco menos, isto é, o salto de uma pulga, mas não com este tempo, quando a neve parece ter unhas para prender e retardar todo e qualquer movimento e até mesmo a própria respiração, como se não estivesse disposta a deixar ir-se dali o imprudente. Que o diga solimão que, apesar da força que a natureza lhe deu, só penosamente se vai arrastando pelas empinadas ladeiras do caminho. Não sabemos o que pensa, mas, pelo menos, de uma coisa podemos ter a certeza nestes alpes, não é um elefante feliz. Tirando as ocasiões em que os couraceiros passam cavalgando o melhor que podem nas suas transidas montadas, serra abaixo, serra acima, para observar a disposição da caravana com vista a evitar dispersões ou desvios que poderiam ser causa de morte para quem nestas geladas paragens se perdesse, o caminho parece existir só para o elefante e o seu cornaca. Habituado desde valladolid à proximidade da carruagem dos arquiduques, estranha o cornaca não a ver à sua frente, que do elefante não nos atreveremos a falar porque, como já dissemos antes, não sabemos o que pensa. O coche arquiducal está por aí algures, mas não se vislumbra nem o rasto dele, e da galera das forragens, que deve vir atrás, tão-pouco há notícias. O cornaca olhou nessa direcção, a ver se era certo, e foi este olhar providencial que o fez reparar na camada de gelo que cobria os quartos traseiros de solimão. Embora não conhecesse nada de desportos de inverno, pareceu-lhe que o gelo era bastante delgado e tinha um aspecto quebradiço, o que provavelmente se deveria ao calor do corpo do animal, que não o deixaria endurecer por completo. Do mal, o menos, pensou. Em todo o caso, antes que a coisa fosse a mais, era necessário tirá-lo dali. Com mil cuidados, não fosse resvalar ele próprio, o cornaca gatinhou pelo lombo do elefante até chegar à intrusa placa de gelo, que afinal não era tão delgada nem tão quebradiça quanto havia parecido antes. Do gelo nunca há que fiar-se, primeira lição que é indispensável aprender. Pisando um mar que o frio gelou podemos dar a ideia aos demais de que somos pessoas para caminhar sobre as águas, mas essa ilusão é falsa, tão falsa como foi falso o milagre de solimão à porta da basílica de santo antónio, de repente vai-se o gelo abaixo e nunca se sabe o que poderá acontecer. O problema que fritz tem agora para resolver é a falta de um instrumento capaz de soltar o maldito gelo da pele do elefante, uma espátula de lâmina fina e ponta redonda, por exemplo, seria o ideal, mas espátulas dessas não se encontram por aqui, se é que já neste tempo há gente para fabricá-las. A única solução, portanto, será trabalhar à unha, e não o dizemos em sentido figurado. O cornaca já tinha os dedos engadanhados quando percebeu onde estava o nó górdio da questão, nada mais, nada menos que terem feito os grossos e duros pêlos do elefante causa comum com o gelo, custando portanto cada pequeno avanço uma dura batalha, pois se não havia espátula para ajudar a despegar o gelo da pele, tão-pouco havia tesoura para ir cortando o entramado piloso. Desprender cada pêlo desses foi uma tarefa que rapidamente se revelou estar muito além das possibilidades físicas e mentais de fritz, obrigado por fim a desistir da operação antes que se tornasse ele próprio numa lamentável estátua de neve a que só faltariam um cachimbo na boca e uma cenoura no lugar do nariz. Os mesmos pêlos que haviam sido fonte de um prometedor negócio, logo frustrado pelos escrúpulos morais do arquiduque, eram agora causa de um fiasco cujas consequências para a saúde do elefante ainda estavam por ver-se. Como se isto fosse pouco, uma outra questão, ao parecer com carácter de urgência, se havia apresentado nos últimos minutos. Desconcertado pela deslocação do peso familiar do cornaca da nuca para os quartos traseiros, o elefante dava claros sinais de desorientação, como se tivesse perdido a noção do caminho e não soubesse por onde ir. Fritz não teve outro remédio que gatinhar rapidamente até ao seu costumado assento e retomar as alavancas da condução. Quanto à placa de gelo que ficou lá atrás, roguemos ao deus dos elefantes que evite males maiores. Se houvesse por aqui uma árvore com um ramo assaz forte a três metros de altura e razoavelmente paralelo ao solo, o próprio solimão se encarregaria de libertar-se da incómoda e acaso perigosa manta de gelo, bastaria que pudesse esfregar-se como é imemorial tradição esfregarem-se os elefantes nos troncos das árvores quando uma comichão aperta mais que o suportável. Agora que a neve havia redobrado de intensidade, e isto não quer dizer que uma coisa fosse a consequência da outra, o caminho tornara-se mais íngreme, como se estivesse cansado de arrastar-se ao rés da terra e quisesse ascender aos céus, ainda que fosse a um dos seus níveis inferiores. Também as asas do beija-flor não podem sonhar com o potente bater de asas da procelária contra a violência do vento nem com o majestoso adejar da águia-dourada sobre os vales. Cada um é para o que nasceu, mas há que contar sempre com a possibilidade de que nos apareçam pela frente excepções importantes, como é o caso de solimão, que não nasceu para isto, mas a quem não restou outro remédio que inventar por sua própria conta alguma maneira de compensar a inclinação do terreno, como foi esta de alongar a tromba para a frente, o que lhe dá o ar inconfundível de um guerreiro lançado à carga e a quem esperam morte ou glória. E tudo, ao redor, é neve e solidão. Esta brancura, di-lo quem conhece a região, oculta uma paisagem de extraordinária beleza. Pois ninguém o diria, e nós, que aqui estamos, menos que ninguém. A neve devorou os vales, fez desaparecer a vegetação, se há por aqui casas habitadas mal se vêem, um pouco de fumo saindo pela chaminé é o único sinal de vida, alguém lá dentro chegou lume às achas de lenha húmida e espera, com a porta praticamente bloqueada pelo nevão, o socorro de um são-bernardo com a botija de brande ao pescoço. Quase sem se dar por isso, a ladeira tinha acabado, solimão já poderá normalizar a respiração, reduzir a um tranquilo passo de passeio o tremendo esforço que viera fazendo, de mais a mais com um cornaca às escarranchas sobre a nuca e uma placa de gelo a oprimir-lhe os quartos traseiros. A cortina de neve tinha-se aclarado um pouco, permitindo, mais ou menos, distinguir umas três ou quatro centenas de metros de caminho, como se o mundo tivesse decidido, enfim, recuperar a perdida normalidade meteorológica. Talvez fosse essa, realmente, a intenção do mundo, mas algo de anormal deveria haver sucedido ali para se ter formado um ajuntamento de pessoas, cavalos e carros, como se tivessem encontrado um bom sítio para o piquenique. Fritz fez alargar o passo de solimão e depressa viu que estava com a sua gente, com a caravana, o que, aliás, não exigia grande perspicácia, pois, como sabemos, arquiduque de áustria há só este e nenhum mais. Desceu do elefante e a pergunta que fez à primeira pessoa que encontrou, Que foi que aconteceu, teve resposta pronta, Partiu-se o eixo dianteiro do coche de sua alteza, Que desgraça, exclamou o cornaca,

O carpinteiro de carros e os ajudantes já estão a colocar outro eixo, dentro de uma hora estaremos prontos para continuar a marcha, E onde o tinham, Onde tinham, quê, Outro eixo, Saberás muito de elefantes, mas não te passa pela cabeça que ninguém se arrisca a uma viagem destas sem levar consigo peças sobressalentes, E suas altezas, sofreram alguma moléstia com o sucedido, Nenhuma, só um grande susto porque o coche bambeou a um lado, Onde estão agora, Abrigados numa outra carruagem, aí adiante, Não tarda que anoiteça, Com um nevão destes, há sempre luz no caminho, ninguém se perde, disse o sargento dos couraceiros, que era o interlocutor. E era certo porque agora mesmo estava chegando o carro que transportava os fardos de forragem, e em boa hora vinha ele porque solimão, depois de ter arrastado pela serra acima as suas quatro toneladas, estava mais do que necessitado de refazer as forças. Em menos que um amém, desatou fritz dois fardos ali mesmo, e o segundo amém, se o houve, já encontrou o elefante a engolir sofregamente a pitança. Logo atrás apareceram os couraceiros do couce da caravana e com eles a restante equipagem, transida de frio, combalida pelo tremendo esforço feito durante léguas e léguas, mas feliz por se ver reintegrada no colectivo viajante. Pensando bem, o acidente sofrido pelo coche arquiducal só pôde ter sido obra da divina providência. Como ensina a nunca assaz louvada sabedoria popular, e como uma vez mais ficou demonstrado, deus escreve direito por linhas tortas, e essas são mesmo as que prefere. Quando a substituição do eixo foi terminada e comprovada a solidez da reparação, os arquiduques regressaram ao conforto do coche e a caravana, reagrupada, pôs-se em marcha, após terem recebido os seus componentes, tanto militares como futricas, ordens absolutamente terminantes para que a coesão física fosse defendida a todo o custo, de maneira a não voltar a cair-se na lamentável dispersão anterior, que só por grande sorte não havia tido as mais funestas consequências. Era noite fechada quando a caravana entrou em bolzano.

No dia seguinte a caravana dormiu até tarde, os arquiduques em casa de uma família nobre do burgo, o resto espalhado pela pequena cidade de bolzano, uns aqui, outros por aí, os cavalos dos couraceiros distribuídos pelas estrebarias ainda com lugares disponíveis, e os humanos aboletados em casas de particulares, que isso de acampar ao ar livre nada teria de apetitoso, nem sequer possível, salvo se ainda restassem forças à companhia para levar o resto da noite a varrer a neve. O que mais trabalho deu foi encontrar abrigo para solimão. Depois de muito procurar, acabou por se descobrir um telheiro que não era mais do que isso, um alpendre sem resguardos laterais que pouca mais protecção poderia proporcionar-lhe que se ele tivesse de dormir à la belle étoile, maneira lírica que têm os franceses de dizer relento, palavra, esta portuguesa, também imprópria, pois relento não é senão uma humidade nocturna, um orvalho, uma cacimba, ninharias meteorológicas se as compararmos com este nevão dos alpes que bem terá justificado a designação de manto alvinitente, leito acaso mortal. Ali foram deixados nada menos que três fardos de forragens para satisfação dos apetites, quer imediatos quer nocturnos, de solimão, tão atreito a eles como qualquer ser humano. Quanto ao cornaca, teve a sorte de beneficiar, na distribuição dos alojamentos, de uma misericordiosa enxerga no chão e de um não menos misericordioso cobertor, cujo poder calorífero ampliou estendendo-lhe por cima o capote, apesar de algo húmido ainda. No quarto da acolhedora família havia três camas, uma para o pai e a mãe, outra para os três filhos varões, de idades entre os nove e os catorze anos, e a terceira para a avó septuagenária e duas servas. O único pago que a fritz se lhe reclamou foi que contasse algumas histórias de elefantes, ao que o cornaca acedeu de boa mente, começando pela sua pièce de résistance, isto é, o nascimento de ganeixa, e terminando na recente e, em sua opinião, heróica ascensão dos alpes de que cremos ter feito suficiente relato. Foi então que o pai disse, lá da cama, enquanto se ouvia o ressonar da mulher, que mais ou menos por estas mesmas paragens dos alpes, segundo antiquíssimas histórias e as subsequentes lendas, tinham também andado, depois de haverem atravessado os pirenéus, o famoso general cartaginês aníbal e o seu exército de homens e elefantes africanos que tantos desgostos viriam a dar aos soldados de roma, embora, segundo modernas versões, não se tratasse dos elefantes africanos propriamente ditos, de grandes orelhas e assustadora corpulência, mas sim dos chamados elefantes das florestas, não muito maiores que cavalos. Nevões, sim, eram os desses tempos, acrescentou, e nessa altura nem caminhos havia, Parece que não gosta muito dos romanos, insinuou fritz, A verdade é que nós aqui somos mais austríacos que italianos, em alemão a nossa cidade chama-se bozen, A mim agrada-me bolzano, disse o cornaca, cai-me melhor no ouvido, Será de ser português, Ter vindo de portugal não faz de mim português, Então donde é vossa senhoria, se não sou confiado em perguntar, Nasci na índia e sou cornaca, Cornaca, Sim senhor, cornaca é o nome que se dá àqueles que conduzem os elefantes, Nesse caso, o general cartaginês também deve ter trazido cornacas no seu exército, Não levaria os elefantes a lado nenhum se não houvesse quem os guiasse, Levou-os à guerra, À guerra dos homens, A bem dizer, não há outras. O homem era filósofo.

 Manhã alta, refeito de forças e com o estômago mais ou menos confortado, fritz agradeceu a hospitalidade e foi ver se ainda havia elefante para cuidar. Tinha sonhado que solimão saíra de bolzano pela calada da noite e andara a correr os montes e vales ao redor, tomado de uma espécie de embriaguez que só podia ter sido efeito da neve, embora a bibliografia conhecida sobre a matéria, se exceptuarmos a dos desastres da guerra de aníbal nos alpes, se haja limitado, nos últimos tempos, a registar, com aborrecida monotonia, as pernas e os braços partidos dos amantes do esqui. Bons tempos foram aqueles em que uma pessoa caía do alto de uma montanha para ir esborrachar-se, mil metros abaixo, no fundo de um vale já coalhado de costelas, tíbias e crânios de outros aventureiros igualmente desafortunados. Aquilo, sim, era vida. Na praça já havia uns quantos couraceiros reunidos, alguns montados, outros não, e os que ainda faltavam vinham chegando. Nevava, mas pouco. Fiel aos seus hábitos de curioso por necessidade, uma vez que ninguém o informava em primeira mão, foi perguntar ao sargento que notícias havia. Não precisou de dizer mais que um educado bons-dias porque o militar, sabendo de antemão o que ele queria, lhe transmitiu as novidades, Vamos para bressanone, ou brixen, como dizemos em alemão, hoje a viagem será curta, não chegará a dez léguas. Depois de uma pausa destinada a criar expectativa, o sargento acrescentou, Parece que em brixen vamos ter uns dias de descanso, que bem necessitados estamos, Por mim falo, solimão mal pode pôr uma pata adiante da outra, isto não é clima para ele, ainda me apanha por aí uma pneumonia, e depois quero ver o que sua alteza vai fazer com os ossos do pobre, Tudo se há-de arranjar, disse o sargento, até agora as coisas não têm corrido mal. Fritz não teve outro remédio senão concordar e foi pelo elefante. Encontrou-o no alpendre, aparentemente tranquilo, mas ao cornaca, ainda sob a impressão do incómodo sonho, pareceu-lhe que ele estava disfarçando, como se na verdade tivesse abandonado bolzano a meio da noite para ir folgar entre as neves, talvez até aos cumes mais altos, onde se diz que elas são eternas. No chão não havia o menor vestígio da forragem que lhe haviam deixado, nem sequer uma palha para amostra, o que, pelo menos, permitia esperar que o animal não iria pôr-se a rabujar com fome como fazem as crianças pequenas, ainda que, coisa esta geralmente pouco sabida, seja ele, o elefante, uma outra espécie de criança, se não no físico, ao menos no imperfeito intelecto. Em verdade, não sabemos o que um elefante pensa, mas tão-pouco sabemos o que pensa uma criança, salvo o que ela entenda fazer-nos parte, portanto, em princípio, nada em que se deva depositar demasiada confiança. Fritz fez sinal de que queria subir e o elefante, pressuroso, com todo o ar de desejar que o desculpassem de alguma traquinice, ofereceu-lhe o dente para apoio do pé, tal como se de um estribo se tratasse, e enlaçou-o pela cintura com a tromba, como um abraço. Com um único impulso içou-o para o cachaço, onde o deixou confortavelmente instalado. Fritz olhou para trás e, ao contrário do que esperava, não viu o mais leve sinal de gelo nos quartos traseiros. Havia ali um mistério que provavelmente não lhe seria dado decifrar. Ou bem o elefante, qualquer um, e este em particular, dispõe de um sistema de auto-regulação térmica acidentalmente capaz, após uma necessária concentração mental, de derreter uma camada de gelo de espessura razoável, ou então o exercício de subir e descer montanhas em marcha acelerada fizera que o dito gelo se desprendesse da pele apesar do labiríntico entramado de pêlos que tanto trabalho havia dado ao cornaca fritz. Certos mistérios da natureza parecem à primeira vista impenetráveis e a prudência talvez aconselhe a deixá-los assim, não seja que de um conhecimento adquirido em bruto acabe por nos vir mais mal que bem. Veja-se, por exemplo, o resultado de ter comido adão no paraíso o que parecia uma vulgar maçã. Pode ser que o fruto propriamente dito tenha sido obra deliciosa de deus, embora haja quem afirme que não foi uma maçã, que foi, sim, uma talhada de melancia, porém, as sementes, em qualquer caso, essas, foram lá postas pelo diabo. Ainda por cima, negras.

O coche dos arquiduques já está à espera dos seus nobres, ilustres, egrégios passageiros. Fritz encaminha o elefante para o lugar que lhe está reservado no séquito, isto é, atrás do coche, mas a uma distância prudente, não vá enfadar-se o arquiduque com a vizinhança de um burlão que, não chegando ao extremo clássico de vender gato por lebre, ainda assim ludibriava os infelizes calvos, incluindo mesmo os mais corajosos couraceiros, com a promessa de uma cabeleira tão farta como a daquele mítico e infeliz sansão. Inútil preocupação foi esta, porque o arquiduque simplesmente não olhou nesta direcção, pelos vistos teria mais em que pensar, queria chegar a bressanone com luz de dia e já iam atrasados.

Despachou o ajudante-de-campo para que levasse as suas ordens à cabeça da caravana, resumíveis em três palavras praticamente sinónimas, rapidez, velocidade, presteza, ressalvando sempre, claro está, os efeitos retardadores da neve que começara a cair com mais força, e também o estado dos caminhos, em geral maus e agora piores. Serão só dez léguas, tinha informado o prestável sargento, mas se, pelas contas actuais, dez léguas são cinquenta mil metros, ou umas quantas dezenas de milhares de passos dos antigos, e a isso, contas são contas, não há que fugir, esta gente e estes animais que acabam de arrancar para mais uma penosa jornada vão ter muito que sofrer, principalmente aqueles a quem faltou o favor de um tecto, que são quase todos. Que bonita é a neve vista por trás da vidraça, disse ingenuamente a arquiduquesa maria ao arquiduque maximiliano, seu marido, mas lá fora, com os olhos cegados pela ventania e as botas feitas numa sopa, com as frieiras dos pés e das mãos a arderem como um fogo do inferno, é caso para perguntar aos céus que foi que fizemos nós para merecermos tal castigo. Como escreveu o poeta, os pinheiros bem acenam, mas o céu não lhes responde. Também não responde aos homens, apesar de estes, em sua maioria, saberem desde pequenos as orações precisas, o problema está em acertar com uma língua que deus seja capaz de entender. Também o frio, quando nasce, é para todos, diz-se, mas nem todos apanham nos lombos com a mesma porção dele. A diferença está entre viajar num coche forrado de peliças e mantas com termostato e ter de caminhar sob o açoite da neve por seu pé ou com ele enfiado num estribo gelado que oprime como um torniquete. O que ainda assim valeu foi que a informação que o sargento passou a fritz sobre a possibilidade de um bom descanso em bressanone se havia espalhado como uma brisa de primavera por toda a caravana, mas logo os pessimistas, um por um e todos juntos, recordaram aos olvidadiços os perigos do passo de isarco, para não falar por enquanto de algo bem pior que será o outro mais adiante, o de brenner, já em território austríaco. Tivesse aníbal ousado avançar por eles e provavelmente não teríamos tido que esperar pela batalha de zama para assistir, no cinema do bairro, à última e definitiva derrota do exército cartaginês por cipião, o africano, longa metragem de romanos produzida pelo filho mais velho de benito, vittorio mussolini. Desta vez, ao grande aníbal, não lhe valeram os elefantes.

Montado na nuca de solimão, apanhando em cheio na cara a fustigação da neve que vinha arrojada pela incessante ventania, fritz não está na melhor das situações para elaborar e desenvolver pensamentos elevados. Ainda assim, vem dando voltas à cabeça para descobrir a maneira de melhorar as suas relações com o arquiduque, que não só lhe retirou a palavra como o próprio olhar. Em valladolid a coisa até tinha começado bem, mas solimão, com as suas descomposições de ventre no caminho para rosas, causou sério dano à nobre causa da harmonização de classes sociais tão afastadas uma da outra como a dos cornacas e a dos arquiduques. Com boa vontade, poderia esquecer-se tudo isto, mas o seu delito, seu de subhro ou de fritz, ou quem diabo ele seja, esse delírio que o levou a querer enriquecer-se por meios ilícitos e moralmente reprováveis, deu cabo de qualquer esperança de recomposição da quase fraternal estima que, por um mágico instante, tinha aproximado o futuro imperador da áustria do humilde condutor de elefantes. Têm razão os cépticos quando afirmam que a história da humanidade é uma interminável sucessão de ocasiões perdidas. Felizmente, graças à inesgotável generosidade da imaginação, cá vamos suprindo as faltas, preenchendo as lacunas o melhor que se pode, rompendo passagens em becos sem saída e que sem saída irão continuar, inventando chaves para abrir portas órfãs de fechadura ou que nunca a tiveram. É o que está fazendo fritz neste momento enquanto solimão, levantando as pesadas patas com dificuldade, um, dois, um, dois, pisa a neve que continua a acumular-se no caminho, enquanto a pura água de que ela é feita insidiosamente se vai convertendo no mais resvaladiço dos gelos. Amargurado, fritz pensa que só um acto de heroicidade da sua parte poderá restituir-lhe a benevolência do arquiduque, mas, por mais voltas que dê à cabeça, não encontra nada suficientemente grandioso para atrair, ao menos por um segundo, um olhar complacente de sua alteza. É então que imagina que o eixo da carruagem de aparato, tendo-se partido uma vez, outra vez se partiu, e que, escancarada a porta do coche pelo súbito desequilíbrio, por ela se precipitou desamparada a arquiduquesa que, deslizando sobre as suas múltiplas saias por uma pendente não demasiado íngreme, só conseguiu parar no fundo do barranco, felizmente ilesa. Tinha chegado a hora do cornaca fritz. Com um toque enérgico do bastão que lhe faz as vezes de volante, encaminhou solimão para a borda do barranco e fê-lo descer com firmeza e segurança até onde estava, ainda meio aturdida, a filha de carlos quinto. Alguns couraceiros dispuseram-se a descer também, mas o arquiduque deteve-os, Deixem-no, vamos ver como descalça ele a bota. Ainda mal tinha terminado a frase e já a arquiduquesa, içada pela tromba do elefante, se encontrava sentada entre as pernas escarranchadas de fritz, numa proximidade corporal que, noutras circunstâncias, seria motivo de gravíssimo escândalo. Fosse ela rainha de portugal e teríamos confissão pela certa. Lá em cima, os couraceiros e a mais gente do séquito aplaudiam com entusiasmo o heróico salvamento, enquanto o elefante, que parecia consciente do seu feito, subia a passo, com renovada firmeza, a encosta. Chegados ao caminho, o arquiduque recebeu nos braços a mulher e, levantando a cabeça para olhar o cornaca de frente, disse em castelhano, Muy bien, fritz, gracias. A alma de fritz teria rebentado ali mesmo de felicidade, supondo que tal fenómeno poderia acontecer em algo que é menos ainda que um puro espírito, se tudo o que aí ficou descrito não tivesse sido outra coisa que o fruto doentio de uma imaginação culpada. A realidade mostrava-o tal qual era, curvado sobre o elefante, quase invisível sob a neve, a desolada imagem de um triunfador derrotado, uma vez mais se demonstrando que o capitólio está ao lado da rocha tarpeia, que ali te coroam de louros e aqui te empurram para onde, esfumada a glória, perdida a honra, deixarás os míseros ossos. O eixo do coche não se partiu, a arquiduquesa dormita em paz sobre o ombro do marido, sem suspeitar que a salvou um elefante e que um cornaca vindo de portugal serviu de instrumento à providência divina. Apesar de toda a crítica que sobre ele se vem fazendo, o mundo vai descobrindo em cada dia maneiras de ir funcionando tant bien que mal, permita-se-nos esta pequena homenagem à cultura francesa, a prova é que quando as coisas boas não sucedem por si mesmas na realidade, a livre imaginação dá uma ajuda à composição equilibrada do quadro. É certo que o cornaca não salvou a arquiduquesa, mas poderia tê-lo feito, uma vez que o imaginou, e isso é o que conta. Apesar de se ver devolvido sem piedade à solidão e às dentadas do frio e da neve, fritz, graças a certas crenças fatalistas que havia tido tempo de interiorizar, isto é, de meter na cabeça, em lisboa, pensa que se nas tábuas do destino estiver previsto que o arquiduque fará as pazes com ele, esse momento por força chegará. Com esta confortável certeza, abandonou-se ao balancear dos passos de solimão, sozinho na paisagem porque, uma vez mais, por causa da neve que continuava a cair, a traseira do coche deixara de poder ser vista. A escassa visibilidade ainda permitia distinguir onde se punham os pés, mas não aonde eles levariam. No entanto, a orografia viera a modificar-se, primeiro de uma maneira a que se poderia chamar discreta, mansa, quase pura ondulação, agora com uma violência que dava que pensar, como se as montanhas tivessem iniciado um processo apocalíptico de fracturas em progressão geométrica. Vinte léguas tinham sido suficientes para passar dos contrafortes arredondados, que eram como falsas colinas, à agitação tumultuosa das massas rochosas, rasgadas em desfiladeiros, erguidas em píncaros que escalavam o céu e donde, de vez em quando, se precipitavam, vertente abaixo, velozes aludes que iam configurar novas paisagens e novas pistas para futuro deleite dos amantes do esqui. Pelos vistos vamo-nos aproximando do passo de isarco, a que os austríacos insistem em chamar eisack. Ainda vai ser preciso caminhar pelo menos uma hora mais para lá chegar, mas uma providencial diminuição na espessa cortina de neve permitiu que se avistasse ao longe, por um breve instante, um rasgão vertical na montanha, O isarco, disse o cornaca. Assim era. Uma coisa que custa trabalho a entender é que o arquiduque maximiliano tenha decidido fazer a viagem de regresso nesta época do ano, mas a história assim o deixou registado como facto incontroverso e documentado, avalizado pelos historiadores e confirmado pelo romancista, a quem haverá que perdoar certas liberdades em nome, não só do seu direito a inventar, mas também da necessidade de preencher os vazios para que não viesse a perder-se de todo a sagrada coerência do relato. No fundo, há que reconhecer que a história não é apenas selectiva, é também discriminatória, só colhe da vida o que lhe interessa como material socialmente tido por histórico e despreza todo o resto, precisamente onde talvez poderia ser encontrada a verdadeira explicação dos factos, das coisas, da puta realidade. Em verdade vos direi, em verdade vos digo que vale mais ser romancista, ficcionista, mentiroso. Ou cornaca, apesar das descabeladas fantasias a que, por origem ou profissão, parecem ser atreitos. Embora a fritz não lhe reste outro remédio que deixar-se levar por solimão, temos de reconhecer que esta leccionadora história que vimos contando não seria a mesma se outro fosse o guia do elefante. Até agora, fritz tem sido personagem decisiva em todos os momentos do relato, dos dramáticos e dos cómicos, arriscando o próprio ridículo sempre que foi achado conveniente para o bom tempero da narrativa, ou apenas tacticamente aconselhável, disfarçando as humilhações sem levantar a voz, sem alterar a expressão da cara, cuidadoso em não deixar transparecer que, se não fosse por ele, não haveria ali ninguém para levar a carta a garcia, o elefante a viena. Estas observações talvez venham a ser consideradas desnecessárias pelos leitores mais interessados na dinâmica do texto que em manifestações pretensamente solidárias, e de certa maneira ecuménicas, mas fritz, como se viu, bastante desanimado em consequência dos últimos desastrosos sucessos, estava a precisar de que alguém lhe pusesse uma mão amiga no ombro, e isso foi só o que fizemos, pôr-lhe a mão no ombro. Quando o cérebro divaga, quando nos arrebata nas asas do devaneio, nem damos pelas distâncias percorridas, sobretudo quando os pés que nos levam não são os nossos. Tirando um ou outro floco vagabundo que se havia perdido no trajecto, pode-se dizer que deixou de nevar. A vereda estreita que temos na nossa frente é o famoso passo de isarco. De um lado e do outro, praticamente a pino, as paredes do desfiladeiro parecem a ponto de desabar sobre o caminho. O coração de fritz encolheu-se de medo, um frio diferente de tudo o que tinha conhecido até aqui traspassou-lhe os ossos. Estava sozinho no meio da terrível ameaça que o rodeava, as ordens do arquiduque, aquelas imperativas ordens que determinavam que a caravana deveria manter-se unida e coesa como única garantia da sua segurança, como fazem os alpinistas que se atam por cordas uns aos outros, haviam sido simplesmente ignoradas. Um provérbio, se por tal nome o dito pode ser designado, e que tanto terá de português como de indiano e universal, resume de maneira elegante e eloquente situações como esta, quando te recomenda que deverás fazer o que eu te diga, mas não fazer o que eu faça. Assim procedeu o arquiduque, havia ordenado, Mantenhamo-nos juntos, mas, chegada a ocasião, em lugar de ali permanecer, como lhe competia, à espera do elefante e do seu cornaca que vinham atrás, demais sendo proprietário de um e amo do outro, dera, em sentido figurado, de esporas ao cavalo, e pernas para que vos quero, direito à desembocadura do perigoso passo antes que se fizesse demasiado tarde e o céu lhe caísse em cima. Imagine-se agora que a avançada dos couraceiros havia penetrado no desfiladeiro e aí tinha ficado à espera, imagine-se que igualmente ficavam esperando os que fossem chegando, o arquiduque e a sua arquiduquesa, o elefante solimão e o cornaca fritz, o carro das forragens, finalmente o resto dos couraceiros que rematavam a marcha, e também as galeras intermédias, carregadas de cofres, arcas e baús, e a multidão da criadagem, todos fraternalmente reunidos, à espera de que a montanha se viesse abaixo ou que um alude como nunca se havia visto outro os amortalhasse a todos, entupindo o desfiladeiro até à primavera. O egoísmo, geralmente tido por uma das atitudes mais negativas e reprováveis da espécie humana, pode ter, em certas circunstâncias, as suas boas razões. Ao termos salvo a nossa rica pele, escapando-nos rapidamente da ratoeira mortal em que o passo de isarco poderia tornar-se, salvámos também a pele dos companheiros de viagem, que, chegada a sua vez de avançar, puderam continuar a viagem sem ser travados por engarrafamentos de trânsito inoportunos, logo, a conclusão é facílima de tirar, cada um por si para que nos possamos salvar todos. Quem diria que a moral nem sempre é o que parece e que pode ser moral tanto mais efectiva quanto mais contrária a si mesma se manifeste. Perante estas cristalinas evidências e estimulado pelo impacte súbito, uns cem metros atrás, de uma massa de neve que, sem aspirar ao nome de alude, foi mais que suficiente para que o susto fosse de tomo, fritz fez a solimão o sinal de andar, já, já. Ao elefante pareceu--lhe pouco. Melhor que o simples passo, a situação, por tão perigosa ser, pedia um trote, ou, melhor ainda, um galope que rapidamente o pusesse a salvo das ameaças do isarco. Rápido foi, portanto, tão rápido como santo antónio quando usou a quarta dimensão para ir a lisboa salvar o pai da forca. O mal é que solimão havia presumido demasiado das suas forças. Arquejando, poucos metros depois de ter deixado para trás a boca do desfiladeiro, foram-se-lhe abaixo as pernas dianteiras e os joelhos ao chão. O cornaca, porém, teve sorte. O normal seria que o choque o tivesse projectado violentamente para a frente da cabeça da infeliz montada, só deus sabe com que nefastas consequências, mas a tão celebrada memória de elefante fez recordar a solimão o que se tinha passado com o padre da aldeia que pretendia exorcizá-lo, quando, no último segundo, no derradeiro instante, logrou amortecer a patada, porventura mortal, que lhe havia desferido. A diferença em relação ao caso de agora foi que solimão ainda logrou recorrer ao pouquíssimo que lhe restava de energia para reduzir a velocidade da sua própria queda, fazendo com que os grossos joelhos tocassem o chão com a leveza de um floco de neve. Como o terá conseguido, não se sabe, nem é coisa que se lhe vá perguntar. Tal como os prestidigitadores, também os elefantes têm os seus segredos. Entre falar e calar, um elefante sempre preferirá o silêncio, por isso é que lhe cresceu tanto a tromba que, além de transportar troncos de árvores e trabalhar de ascensor para o cornaca, tem a vantagem de representar um obstáculo sério para qualquer descontrolada loquacidade. Cautelosamente, fritz deu a entender a solimão que já era hora de fazer um pequeno esforço para se levantar. Não ordenou, não recorreu ao seu variado repertório de toques de bastão, uns mais agressivos que outros, apenas deu a entender, o que demonstra uma vez mais que o respeito pelos sentimentos alheios é a melhor condição para uma próspera e feliz vida de relações e afectos. É a diferença entre um categórico Levanta--te e um dubitativo E se tu te levantasses. Há mesmo quem sustente que esta segunda frase, e não a primeira, foi a que jesus realmente proferiu, prova provada de que a ressurreição, afinal, estava, sobretudo, dependente da livre vontade de lázaro e não dos poderes milagrosos, por muito sublimes que fossem, do nazareno. Se lázaro ressuscitou foi porque lhe falaram com bons modos, tão simples como isto. E que o método continua a dar bons resultados, viu-se quando solimão, aprumando primeiro a perna direita, depois a esquerda, restituiu fritz à segurança relativa de uma oscilante verticalidade, ele que até esse momento só se tinha podido valer da rijeza de uns quantos pêlos da nuca do elefante para não se ver precipitado pela tromba abaixo. Eis pois solimão já firme nas suas quatro patas, ei-lo subitamente animado pela chegada da galera da forragem que, ultrapassado, após trabalhosa luta das duas juntas de bois, o montão de neve a que antes nos referimos, avançava briosamente em direcção à saída do desfiladeiro e ao voraz apetite do elefante. A sua quase desfalecida alma recebia agora o prémio pela proeza de haver feito regressar à vida o seu próprio corpo prostrado, como para não levantar-se mais, no meio da branca e cruel paisagem. Ali mesmo foi posta a mesa e, enquanto fritz e o boieiro celebravam a salvação com uns quantos tragos de aguardente propriedade do homem dos bois, solimão devorava fardo após fardo com enternecedor entusiasmo. Só faltava que brotassem flores da neve e que as avezinhas da primavera viessem entoar ao tirol as suas doces canções. Não se pode ter tudo. Já é muito que fritz e o boieiro, multiplicando uma pela outra as suas respectivas inteligências, tivessem encontrado o remédio para a preocupante tendência a separarem-se os diversos componentes da caravana como se não tivessem nada que ver uns com os outros. Era uma solução, digamos, parcelar, mas sem dúvida precursora de uma maneira diferente de abordar os problemas, isto é, mesmo que o objectivo seja servir os meus interesses pessoais, é sempre conveniente contar com a outra parte. Numa palavra, soluções integradas. A partir de agora os bois e o elefante viajarão inapelavelmente juntos, a galera dos fardos de forragem à frente, o elefante, por assim dizer ao cheiro da palha, atrás. Por mais lógica e racional que se apresente a distribuição topográfica deste reduzido grupo, facto que ninguém ousará negar, nada do que aqui se logrou, graças à deliberada vontade de chegar a acordo, será aplicável, não faltaria mais, aos arquiduques cujo coche já lá vai adiante, inclusive pode até ter já chegado a bressanone. Se tal caso se der, estamos autorizados a revelar que solimão gozará de um merecido descanso de duas semanas nesta conhecida estância turística, concretamente numa estalagem que tem o nome de am hohen feld, que significa, nunca melhor dito, terra íngreme. É natural que a alguém lhe pareça estranho que uma estalagem que ainda se encontra em território italiano tenha um nome alemão, mas a coisa explica-se se nos lembrarmos de que a maior parte dos hóspedes que aqui vêm são precisamente austríacos e alemães que gostam de sentir-se como em sua casa. Razões afins levarão um dia a que, no algarve, como alguém terá o cuidado de escrever, toda a praia que se preze, não é praia mas é beach, qualquer pescador fisherman, tanto faz prezar-se como não, e se de aldeamentos turísticos, em vez de aldeias, se trata, fiquemos sabendo que é mais aceite dizer-se holiday's village, ou village de vacances, ou ferienorte. Chega-se ao cúmulo de não haver nome para loja de modas, porque ela é, numa espécie de português por adopção, boutique, e, necessariamente, fashion shop em inglês, menos necessariamente modes em francês, e francamente

modegeschäft em alemão. Uma sapataria apresenta-
-se como shoes, e não se fala mais nisso. E se o viajante pudesse catar, como quem cata piolhos, nomes de bares e buates, quando chegasse a sines ainda iria nas primeiras letras do alfabeto. Tão desprezado este na lusitana arrumação que do algarve se pode dizer, nestas épocas em que descem os civilizados à barbárie, ser ele a terra do português tal qual se cala. Assim está bressanone.

Diz-se, depois de que primeiro o tivesse dito tolstoi, que as famílias felizes não têm história. Também os elefantes felizes não parece que a tenham. Veja-se o caso de solimão. Durante as duas semanas que esteve em bressanone descansou, dormiu, comeu e bebeu à tripa-forra, até lhe chegar com o dedo, algo assim como umas quatro toneladas de forragem e uns três mil litros de água, com o que pôde compensar as numerosas dietas forçadas a que havia sido obrigado a submeter-se durante a longa viagem por terras de portugal, espanha e itália, quando nem sempre foi possível reabastecer-lhe com regularidade a despensa. Agora, solimão recuperou as forças, está gordo, formoso, logo ao cabo de uma semana a pele flácida e enrugada já tinha deixado de lhe fazer pregas como um capote mal pendurado numa escápula. As boas notícias chegaram ao arquiduque que não demorou a fazer uma visita a casa do elefante, isto é, ao seu próprio estábulo, em vez de o mandar sair à praça, para que exibisse perante a arquiducal autoridade e a população reunida, a excelente figura, o look magnífico, que agora tem. Como é natural, fritz esteve presente no acto, mas, consciente de que a paz com o arquiduque ainda não havia sido formalizada, se alguma vez o virá a ser, mostrou-se discreto e atento, sem chamar demasiado as atenções, mas esperando que o arquiduque deixasse cair, pelo menos, uma palavra de congratulação, um breve elogio. Assim aconteceu. No fim da visita, o arquiduque dirigiu-lhe de passagem um rápido relance de olhos e disse, Fizeste um bom trabalho, fritz, solimão deve estar satisfeito, ao que ele respondeu, Não desejo outra coisa, meu senhor, a minha vida está posta ao serviço de vossa alteza. O arquiduque não respondeu, limitou-se a resmungar, lacónico, Uhm, uhm, som primitivo, se não inicial, que cada um tratará de interpretar como melhor lhe convenha. Para fritz, sempre disposto, por temperamento e filosofia de vida, a uma visão optimista dos acontecimentos, aquele resmungo, apesar da aparente secura e do impróprio de tal linguagem na boca de uma arquiducal e amanhã imperial pessoa, foi como um passo, um pequeno mas seguro passo, em direcção à tão ansiada concórdia. Esperemos até viena para ver o que sucede.

    De bressanone ao desfiladeiro de brenner a distância é tão curta que de certeza não haverá tempo para que a caravana se disperse. Nem tempo nem distância. O que significará que iremos topar outra vez com o mesmo dilema moral de antes, o do passo de isarco, isto é, se vamos de companhia ou separados. Assusta só de pensar que a extensa caravana poderá ver-se, toda ela, desde os couraceiros da frente até aos couraceiros da retaguarda, como que entalada entre as paredes do desfiladeiro e sob a ameaça dos aludes de neve ou dos desmoronamentos de rochas. Provavelmente o melhor será deixar a resolução do problema nas mãos de deus, ele que decida. Vamos andando, vamos andando, e depois logo se vê. Contudo, esta preocupação, por muito compreensível que seja, não deverá fazer-nos esquecer a outra. Dizem os conhecedores que o passo de brenner é dez vezes mais perigoso que o de isarco, outros dizem vinte vezes, e que todos os anos cobra umas quantas vítimas, sepultadas sob os aludes ou esmagadas pelos pedregulhos que rolam da montanha abaixo, se bem que ao princípio da queda não parecesse que levavam consigo esse aziago destino. Oxalá chegue o tempo em que por via da construção de viadutos que unam as alturas umas às outras se eliminem os passos profundos em que, embora ainda vivos, já vamos meio enterrados. O interessante do caso é que aqueles que têm de utilizar estes passos o fazem sempre com uma espécie de resignação fatalista que, se não evita que o medo lhes assalte o corpo, ao menos parece deixar-lhes a alma intacta, serena, como uma luz firme que nenhum furacão será capaz de apagar. Contam-se muitas coisas e nem todas serão certas, mas o ser humano foi desta maneira feito, tão capaz de crer que o pêlo de elefante, depois de um processo de maceração, faz crescer o cabelo, como de imaginar que leva dentro de si uma luz única que o conduzirá pelos caminhos da vida, incluindo os desfiladeiros. De uma maneira ou outra, dizia o sábio ermita dos alpes, sempre teremos de morrer.

O tempo não está bom, o que, nesta época do ano, como já tivemos abundantes provas, não é nenhuma novidade. É certo que a neve cai sem exageros e a visibilidade é quase normal, mas o vento sopra como lâminas afiadas que vêm cortar as roupas, por mais abrigo que elas pareçam dar. Que o digam os couraceiros. Segundo a notícia posta a correr na caravana, se a viagem vai recomeçar hoje é porque amanhã se espera um agravamento da situação meteorológica, e também porque, assim que estiverem percorridos uns quantos quilómetros mais para o norte, o pior dos alpes, em princípio, começará a ficar para trás. Ou, por outras palavras, antes que o inimigo nos ataque, ataquemo-lo nós a ele. Uma boa parte dos habitantes de bressanone veio assistir à partida do arquiduque maximiliano e do seu elefante e em pago tiveram uma surpresa. Quando o arquiduque e a esposa se dispunham a entrar no coche, solimão fincou os dois joelhos no chão gelado, o que fez levantar na assistência uma revoada de palmas e vivas absolutamente digna de registo. O arquiduque começou por sorrir, mas logo franziu o sobrolho, pensando que este novo milagre havia sido uma manobra desleal de fritz, desesperado por fazer as pazes. Não tem razão o nobre arquiduque, o gesto do elefante foi completamente espontâneo, saiu-lhe, por assim dizer, da alma, terá sido uma forma de agradecer, a quem de direito, o bom trato recebido na estalagem am hohen feld durante estes quinze dias, duas semanas de felicidade autêntica, e, portanto, sem história. Em todo o caso, não deverá excluir-se a possibilidade de que o nosso elefante, justamente preocupado com a manifesta frieza das relações entre o seu cornaca e o arquiduque, tivesse querido contribuir com tão bonito gesto para apaziguar os ânimos desavindos, como no futuro se dirá e depois deixará de dizer-se. Ou, para que não se nos acuse de parcialidade por supostamente estarmos a omitir a verdadeira chave da questão, não se pode excluir a hipótese, que não é meramente académica, de que fritz, ou fosse de caso pensado ou por pura inadvertência, tenha tocado com o bastão na orelha direita de solimão, órgão milagreiro por excelência como em pádua se demonstrou. Como já deveríamos saber, a representação mais exacta, mais precisa, da alma humana é o labirinto. Com ela tudo é possível.

    A caravana está pronta para partir. Há um sentimento geral de apreensão, uma tensão indisfarçável, percebe-se que as pessoas não conseguem tirar da cabeça o passo de brenner e os seus perigos. E o cronista destes acontecimentos não tem pejo em confessar que teme não ser capaz de descrever o famoso desfiladeiro que mais adiante nos espera, ele que, já quando do passo de isarco, teve de disfarçar o melhor que podia a sua insuficiência, divagando por matérias secundárias, talvez de alguma importância em si mesmas, mas fugindo claramente ao fundamental. Pena que no século dezasseis a fotografia ainda não tivesse sido inventada, porque então a solução seria facílima, bastaria inserir aqui umas quantas imagens da época, sobretudo se captadas de helicóptero, e o leitor teria todos os motivos para considerar-se amplamente compensado e reconhecer o ingente esforço informativo da nossa redacção. A propósito, é hora de dizer que a pequena cidade que vem a seguir, a pouquíssima distância de bressanone, se chama em italiano, já que em itália estamos ainda, vitipeno. Que os austríacos e os alemães lhe chamem sterzing é algo que ultrapassa a nossa capacidade de compreensão. Não obstante, admitimos como possível, mas sem pôr as mãos no fogo, que o italiano se cale menos nestas partes que o português se tem calado nos algarves.

Já saímos de bressanone. Custa a entender que numa região tão acidentada como esta, onde abundam vertiginosas cadeias de montanhas às cavalitas umas das outras, ainda tenha sido preciso rasgar as cicatrizes profundas dos passos do isarco e do brenner, em vez de ir pô-las noutros lugares do planeta menos distinguidos com os bens da natureza, onde a excepcionalidade do assombroso fenómeno geológico pudesse, graças à indústria do turismo, beneficiar materialmente as modestas e sofridas vidas dos habitantes. Ao contrário do que será lícito pensar, tendo em consideração os problemas narrativos francamente expostos a propósito da travessia do isarco, estes comentários não se destinam a suprir por antecipação a previsível escassez de descrições do passo de brenner em que estamos prestes a entrar. São, isso sim, o humilde reconhecimento de quanta verdade há na conhecida frase, Faltam-me as palavras. Efectivamente faltam-nos as palavras. Diz-se que numa das línguas faladas pelos índigenas da américa do sul, talvez na amazónia, existem mais de vinte expressões, umas vinte e sete, creio recordar, para designar a cor verde. Comparando com a pobreza do nosso vocabulário quanto a esta matéria, parecerá que devia ser fácil para eles descrever as florestas em que vivem, no meio de todos aqueles verdes minuciosos e diferenciados, apenas separados por subtis e quase inapreensíveis matizes. Não sabemos se alguma vez o tentaram e se ficaram satisfeitos com o resultado. O que, sim, sabemos, é que um monocromatismo qualquer, por exemplo, para não ir mais longe, o aparente branco absoluto destas montanhas, também não decide a questão, talvez porque haja mais de vinte matizes de branco que o olho não pode perceber, mas cuja existência pressente. A verdade, se quisermos aceitá-la em toda a sua crueza, é que, simplesmente, não é possível descrever uma paisagem com palavras. Ou melhor, ser possível, é, mas não vale a pena. Pergunto se vale a pena escrever a palavra montanha se não sabemos que nome se daria a montanha a si mesma. Já a pintura é outra coisa, é muito capaz de criar sobre a paleta vinte e sete tons de verde seus que escaparam à natureza, e alguns mais que não o parecem, e a isso, como compete, chamamos arte. Às árvores pintadas não caem as folhas.

Já estamos no passo de brenner. Por ordem expressa do arquiduque, em silêncio total. Ao contrário do que havia sucedido até agora, a caravana, como se o medo tivesse produzido um efeito congregador, não tem mostrado tendência a dispersar-se, os cavalos do coche arquiducal quase tocam com os focinhos os quartos traseiros das últimas montadas dos couraceiros, solimão vai tão próximo do frasquinho de essências da arquiduquesa que chega a aspirar deliciado o olor que dele se desprende cada vez que a filha de carlos quinto sente necessidade de refrescar-se. O resto da caravana, começando pelo carro de bois com a forragem e a dorna da água segue o rasto como se não houvesse outra maneira de chegar ao destino. Treme-se de frio, mas sobretudo de medo. Nas anfractuosidades das altíssimas escarpas acumula-se a neve que de vez em quando se desprende e vem cair com um ruído surdo sobre a caravana em pequenos aludes que, sem maior perigo por si mesmos, têm como consequência aumentar os temores. Não há aqui ninguém que se sinta tão seguro de si mesmo que use os olhos para desfrutar a beleza da paisagem, embora não falte um conhecedor que vai dizendo para o vizinho, Sem neve é muito mais bonito, É mais bonito, como, perguntou o companheiro curioso, Não se pode descrever. Realmente, o maior desrespeito à realidade, seja ela, a realidade, o que for, que se poderá cometer quando nos dedicamos ao inútil trabalho de descrever uma paisagem, é ter de fazê-lo com palavras que não são nossas, que nunca foram nossas, repare-se, palavras que já correram milhões de páginas e de bocas antes que chegasse a nossa vez de as utilizar, palavras cansadas, exaustas de tanto passarem de mão em mão e deixarem em cada uma parte da sua substância vital. Se escrevemos, por exemplo, as palavras arroio cristalino, de tanta aplicação precisamente na descrição de paisagens, não nos detemos a pensar se o arroio continua a ser tão cristalino como quando o vimos pela primeira vez, ou se deixou de ser arroio para se transformar em caudaloso rio, ou, mofina sorte essa, no mais infecto e malcheiroso dos pântanos. Ainda que o não pareça à primeira vista, tudo isto tem muito que ver com aquela corajosa afirmação, acima consignada, de que simplesmente não é possível descrever uma paisagem e, por extensão, qualquer outra coisa. Na boca de uma pessoa de confiança que, pela amostra, conhece os lugares tal como se nos apresentam nas diversas estações do ano, tais palavras dão que pensar. Se essa pessoa, com a sua honestidade e o seu saber de experiência feito, diz que não se pode descrever o que os olhos vêem, traduzindo-o em palavras, neve seja ou florido vergel, como poderá atrever-se a tal alguém que nunca em sua vida atravessou o passo de brenner e nem em sonhos naquele século dezasseis, quando faltavam as auto-estradas e os postos de abastecimento de gasolina, croquetes e chávenas de café, além de um motel para passar a noite no quente, enquanto cá fora ruge a tempestade e um elefante perdido solta o mais angustioso dos barritos. Não estivemos lá, curámos só por informações, e vá lá a saber-se o que valem elas, por exemplo, uma velha gravura, só respeitável pela sua idade provecta e pelo desenho ingénuo, mostra um elefante do exército de aníbal despenhando-se por uma ravina, quando o certo é que durante a trabalhosa travessia dos alpes pelo exército cartaginês, pelo menos tem-no afirmado quem da matéria sabe, nenhum elefante se perdeu. Aqui também não se perdeu ninguém. A caravana continua compacta, firme, qualidades que não são menos louváveis pelo facto de serem fundamentalmente determinadas, como já foi explicado antes, por sentimentos egoístas. Mas há excepções. A maior preocupação dos couraceiros, por exemplo, não tem nada a ver com a segurança pessoal de cada um, mas com a dos seus cavalos, obrigados agora a avançar sobre um solo resvaladiço, de gelo duro, cinzento-azulado, onde um metacarpo partido teria a mais fatal das consequências. Até este momento, o milagre cometido por solimão às portas da basílica de santo antónio em pádua, por muito que tal pese ao ainda empedernido luteranismo do arquiduque maximiliano segundo de áustria, tem protegido a caravana, não só os poderosos que vão nela, mas também a gente de pouco, o que prova, se ainda fosse precisa a demonstração, as raras e excelentes virtudes taumatúrgicas do santo, fernando de bulhões no mundo, que duas cidades, lisboa e pádua, vêm disputando desde há séculos, bastante pro forma, diga-se, porque já está claro para todo o mundo que foi pádua a que acabou por alçar-se com o pendão da vitória, contentando-se lisboa com as marchas populares dos bairros, o vinho tinto e a sardinha assada nas brasas, além dos balões e dos vasos de manjerico. Não basta saber como e onde nasceu fernando de bulhões, há que esperar para ver como e onde irá morrer santo antónio.

    Continua a nevar e, que nos desculpem a vulgaridade da expressão, faz um frio de rachar. Ao chão convém pisá-lo com mil e um cuidados por causa do maldito gelo, mas, embora as montanhas não se tenham acabado, parece que os pulmões começam a respirar melhor, com outro desafogo, livres da estranha opressão que baixa das alturas inacessíveis. A próxima cidade é innsbruck, na margem do rio inn, e, se o arquiduque não se apartou da ideia que comunicou ao intendente ainda em bressanone, grande parte da distância que nos separa de viena vai ser percorrida em barco, navegação fluvial, portanto, descendo a corrente, primeiro pelo inn, até passau, e depois pelo danúbio, rios de grande caudal, em particular o danúbio, a que na áustria chamam donau. É mais do que provável que venhamos a desfrutar de uma viagem tranquila, tão tranquila como o foi a estância das duas semanas em bressanone, em que nada sucedeu que fosse digno de nota, nenhum episódio burlesco para narrar ao serão, nenhuma história de fantasmas para contar aos netos, e por isso a gente se sentiu afortunada como pouquíssimas vezes, todos chegados a salvo à estalagem am hohen feld, a família longe, as preocupações pospostas, os credores disfarçando a impaciência, nenhuma carta comprometedora caída em mãos indevidas, enfim, o porvir, como os antigos diziam, e acreditavam, só a deus pertence, vivamos nós o dia hoje, que o de amanhã nunca se sabe. A alteração do itinerário não se deve a um capricho do arquiduque, embora tivessem passado a estar incluídas no dito itinerário duas visitas por razões de cortesia, mas também de alta política centro-europeia, a primeira em wasserburg, ao duque da baviera, a segunda, mais prolongada, em müldhorf, ao duque ernst da baviera, administrador do arcebispado de salzburgo. Voltando aos caminhos, é verdade que a estrada de innsbruck a viena é relativamente cómoda, sem catastróficos acidentes orográficos como foram os alpes e, se não vai em linha recta, pelo menos está bastante segura de aonde quer chegar. Porém, a vantagem dos rios é serem como estradas andantes, vão por seu pé, especialmente estes, com os seus poderosos caudais. O mais beneficiado com a mudança será solimão que, para beber, só terá de chegar-se à borda da jangada, meter a tromba na água e aspirar. Contudo, não ficaria nada contente se pudesse saber que um cronista da cidade ribeirinha de hall, pouco adiante de innsbruck, um escriba qualquer de nome franz schweyger, escreverá, Maximiliano voltou em esplendor de espanha, trazendo também um elefante que tem doze pés de altura, sendo cor de rato. A rectificação de solimão, pelo que dele conhecemos, seria rápida, directa e incisiva, Não é o elefante que tem cor de rato, é o rato que tem cor de elefante. E acrescentaria, Mais respeito, por favor.

    Balanceando-se ao passo ritmado de solimão, fritz limpa a neve que se lhe agarrou às sobrancelhas e pensa no que será o seu futuro em viena, cornaca é, cornaca continuará a ser, nem nunca poderia ser outra coisa, mas a lembrança do que foi o seu tempo em lisboa, esquecido de toda a gente depois de ter sido motivo de gáudio da população, incluindo os fidalgos da corte que, em rigor, populaça são igualmente, leva-o a perguntar a si mesmo se também em viena o meterão numa cerca de pau-a-pique com o elefante, a apodrecer. Algo terá de acontecer-nos, salomão, disse, esta viagem tem sido só um intervalo, e já agora agradece que o cornaca subhro te tenha restituído o teu verdadeiro nome, boa ou má, terás a vida para que nasceste e a que não poderás fugir, mas eu não nasci para ser cornaca, em verdade nenhum homem nasceu para ser cornaca mesmo que outra porta não se lhe abra em toda a sua existência, no fundo sou uma espécie de parasita teu, um piolho perdido entre as cerdas do teu lombo, calculo que não viverei tanto tempo como tu, as vidas dos homens são curtas comparadas com as dos elefantes, isso é sabido, pergunto-me que será de ti não estando eu no mundo, chamarão outro cornaca, claro, alguém terá de tomar conta de solimão, talvez a arquiduquesa se ofereça, teria a sua graça, uma arquiduquesa a servir um elefante, ou então um dos príncipes quando forem crescidos, de uma maneira ou outra, querido amigo, sempre terás um porvir garantido, eu não, eu sou o cornaca, um parasita, um apêndice.

Cansados de tão longa caminhada, chegámos a innsbruck numa data assinalada no calendário católico, o dia de reis, sendo o ano de mil quinhentos e cinquenta e dois. A festa foi de arromba como seria de esperar da primeira grande cidade austríaca que recebia o arquiduque. Que já não se sabe muito bem se os aplausos são para ele ou para o elefante, mas isso importa pouco ao futuro imperador para quem solimão é, além do mais, um instrumento político de primeira grandeza, cuja importância nunca poderia ser afectada por ridículos ciúmes. O êxito dos encontros em wasserburg e em müldhorf algo irá ficar a dever à presença de um animal até agora desconhecido na áustria, como se maximiliano segundo o tivesse feito sair do nada para satisfação dos seus súbditos, dos mais humildes aos principais. Esta parte final da viagem do elefante constituirá, toda ela, um clamor de constante júbilo que passará de uma cidade a outra como um rastilho de pólvora, além de que será um motivo de inspiração para que os artistas e os poetas de cada lugar de passagem se esmerem em pinturas e gravuras, em medalhas comemorativas, em inscrições poéticas como as do conhecido humanista caspar bruschius, destinadas à câmara de linz. E, por falar de linz, onde a caravana abandonará barcos, botes e jangadas para fazer por seu pé o que falta de caminho, é natural que alguém queira que lhe digam por que não continuou o arquiduque a utilizar a cómoda via fluvial, uma vez que o mesmo danúbio que os trouxe a linz também poderia tê-los levado a viena. Pensar assim é ingenuidade, ou, no pior dos casos, desconhecer ou não compreender a importância de uma publicidade bem orientada na vida das nações em geral e na política e outros comércios em particular. Imaginemos que o arquiduque maximiliano de áustria cometia o erro de desembarcar no porto fluvial de viena, sim, ouviram bem, no porto fluvial de viena. Ora, os portos, sejam eles grandes ou pequenos, de rio ou de mar, nunca se distinguiram pela ordem e pelo asseio, e quando casualmente se nos apresentem sob uma aparência de normalidade organizada convém saber que isso não passa de uma das inúmeras e não raro contraditórias imagens do caos. Imaginemos o arquiduque a desembarcar com toda a sua caravana, incluindo um elefante, num cais atulhado de caixotes, sacos de todo o tipo, fardos disto e daquilo, no meio do lixo, com a multidão a atrapalhar, digam-nos como poderia ele abrir caminho para chegar às avenidas novas e aí preparar o desfile. Seria uma triste entrada depois de mais de três anos de ausência. Não será assim. Em müldhorf o arquiduque dará ordens ao seu intendente para começar a elaborar um programa de recepção em viena à altura do acontecimento, ou dos acontecimentos, em primeiro lugar, como é óbvio, a chegada da sua pessoa e da arquiduquesa, em segundo lugar a desse prodígio da natureza que é o elefante solimão, o qual deslumbrará os vienenses tal como já havia deslumbrado quantos lhe puseram os olhos em cima em portugal, espanha e itália, que, para falar com justiça, não são propriamente países bárbaros. Correios a cavalo partiram para viena com instruções para o burgomestre e em que se exprimia o desejo do arquiduque de ver retribuído nos corações e nas ruas todo o amor que, ele e a arquiduquesa, dedicavam à cidade. Para bom entendedor até meia palavra sobra. Outras instruções foram transmitidas, estas para uso interno, que se referiam à conveniência de aproveitar a navegação pelo inn e pelo danúbio para proceder a uma lavagem geral de pessoas e animais, a qual, não podendo, por razões compreensíveis, incluir banhos nas águas geladas, teria de ser minimamente efectiva. Aos arquiduques era fornecida todas as manhãs uma boa quantidade de água quente para as suas abluções, o que levou alguns na caravana, mais preocupados com a sua higiene pessoal, a murmurarem com um suspiro de pesar, Se eu fosse o arquiduque. Não queriam o poder que maximiliano segundo detinha nas suas mãos, talvez mesmo não soubessem que fazer com ele, mas queriam a água quente, sobre cuja utilidade não pareciam ter dúvidas.

 Quando desembarcou em linz, o arquiduque já levava ideias muito claras sobre a nova maneira de organizar a caravana em ordem a colher os melhores proveitos possíveis, em particular no que se referia aos efeitos psicológicos do seu regresso no ânimo da população de viena, cabeça do reino e, portanto, sede da mais aguda sensibilidade política. Os couraceiros, até então divididos em vanguarda e retaguarda, passaram a constituir uma formação única, abrindo passo à caravana. Logo depois vinha o elefante, o que, temos de reconhecê-lo, era uma jogada estratégica digna de um alekhine, mormente quando não tardaremos a saber que o coche do arquiduque só ocupará o terceiro lugar nesta sequência. O objectivo era claro, dar o máximo protagonismo a solimão, o que tinha todo o sentido do mundo, pois arquiduques de áustria tinha-os conhecido antes viena, ao passo que em matéria de elefantes era este o primeiro. De linz a viena vão trinta e duas léguas, estando previstas duas paragens intermédias, uma em melke e outra na cidade de amstetten, onde dormirão, pequenas etapas com as quais se pretende que a caravana possa entrar em viena em razoável estado de frescura física. O tempo não está de rosas, a neve continua a cair e o vento não perdeu aquele fio que corta, mas, comparando com os passos do isarco e de brenner, esta estrada bem poderia ser a do paraíso, ainda que seja duvidoso que naquele celeste lugar existam estradas, uma vez que as almas, mal cumprem as formalidades de acesso, são acto contínuo dotadas de um par de asas, único meio de locomoção ali autorizado. Depois de amstetten não haverá outro descanso.

A gente das aldeias desceu toda ao caminho para ver o arquiduque e encontrou-se com um animal de que ouvira falar vagamente e que provocava as curiosidades mais justificadas e as mais absurdas explicações como aconteceu àquele rapazinho que, tendo perguntado ao avô por que se chamava elefante ao elefante, recebeu como resposta que era por ter tromba. Um austríaco, mesmo que pertença às classes baixas, não é uma pessoa como qualquer outra, sempre há-de saber tudo do que haja para saber. Outra ideia que nasceu entre esta boa gente, assim com este ar de protecção costumamos dizer, foi que no país de onde o elefante viera todas as pessoas possuíam um, como aqui um cavalo, uma mula ou mais frequentemente um burro, e que todas elas eram bastante ricas para poderem alimentar um animal daquele tamanho. A prova de que assim era tiveram-na quando foi preciso parar no meio da estrada para dar de comer a solimão que, por uma razão desconhecida, torcera o nariz ao pequeno-almoço. Juntou-se ao redor uma pequena multidão assombrada com a rapidez com que o elefante, com a ajuda da tromba, metia pela boca abaixo e engolia os feixes de palha depois de lhes ter dado duas voltas entre uns poderosos molares que, não podendo ser vistos de fora, facilmente se imaginavam. À medida que se aproximavam de viena ia-se notando, aos poucos, uma certa melhoria no estado do tempo. Nada de extraordinário, as nuvens continuavam baixas, mas havia deixado de nevar. Alguém disse, Se isto continua, iremos ter em viena céu descoberto e um sol a brilhar. Não seria exactamente assim, porém, outro galo teria cantado nesta viagem se a meteorologia geral tivesse seguido o exemplo desta que será conhecida um dia por cidade das valsas. De vez em quando a caravana era obrigada a parar porque os aldeãos e as aldeãs das redondezas queriam mostrar as suas habilidades de canto e dança, as quais agradavam especialmente à arquiduquesa cuja satisfação o arquiduque partilhava de uma maneira benevolente, quase paternal, que correspondia a um pensamento muito comum, então e sempre, Que se lhes há-de fazer, as mulheres são assim. As torres e as cúpulas de viena já estavam no horizonte, as portas da cidade abertas de par em par, e o povo nas ruas e nas praças, envergando as suas melhores galas em honra dos arquiduques. Tinha sido assim em valladolid quando da chegada do elefante, mas os povos ibéricos por qualquer coisa se põem contentes, são como crianças. Aqui, em viena de áustria, cultiva-se a disciplina e a ordem, há algo de teutónico nesta educação, como o futuro se encarregará de explicar melhor. Vem entrando na cidade a máxima expressão da autoridade pública e um sentimento de respeito e acatamento incondicional é o que prevalece entre a população. A vida, porém, tem muitas cartas no baralho e não é raro que as jogue quando menos se espera. Ia o elefante no seu passo medido, sem pressa, o passo de quem sabe que para chegar nem sempre é preciso correr. De súbito, uma menina de uns cinco anos, soube-se mais tarde que esta era a sua idade, assistindo com os pais à passagem do cortejo, desprendeu-se da mão da mãe, e correu para o elefante. Um grito de susto saiu da garganta de quantos se aperceberam da tragédia que se preparava, as patas do animal derrubando e calcando o pobre corpinho, o regresso do arquiduque assinalado por uma desgraça, um luto, uma terrível mancha de sangue no brasão de armas da cidade. Era não conhecer salomão. Enlaçou com a tromba o corpo da menina como se a abraçasse e levantou-a ao ar como uma nova bandeira, a de uma vida salva no último instante, quando já se perdia. Os pais da menina, chorando, correram para salomão e receberam nos braços a filha recuperada, ressuscitada, enquanto toda a gente aplaudia, não poucos desfazendo-se em lágrimas de incontida emoção, alguns dizendo que aquilo havia sido um milagre, e mais não sabiam daquele que salomão tinha cometido em pádua, ajoelhando-se à porta da basílica de santo antónio. Como se ainda estivesse a faltar algo ao desenlace do dramático lance a que acabámos de assistir, viu-se o arquiduque descer do coche, dar a mão à arquiduquesa para ajudá-la a descer também, e os dois, juntos, de mãos dadas, dirigiram-se ao elefante, que as pessoas continuavam a rodear e festejar como o herói desse dia e que o será por muito tempo mais, pois a história do elefante que em viena salvou de morte certa uma menina irá ser contada mil vezes, ampliada outras tantas, até hoje. Quando as pessoas deram pela aproximação dos arquiduques fizeram silêncio e abriram alas. A comoção era visível em muitos daqueles rostos, havia ainda quem enxugasse com dificuldade as últimas lágrimas. Fritz tinha descido do elefante e esperava. O arquiduque parou diante dele, olhou-o a direito nos olhos. Fritz curvou a cabeça e encontrou diante de si a mão direita, aberta e expectante, Senhor, não me atrevo, disse, e mostrou as suas próprias mãos, sujas dos contínuos contactos com a pele do elefante, que, ainda assim, era o mais limpo dos dois, uma vez que fritz já perdeu a memória do que é um banho geral e solimão não pode ver um charco de água que não corra a chafurdar nele. Como o arquiduque não retirava a mão, fritz não teve outra solução que tocar-lhe com a sua, a pele grossa e calosa de um cornaca e a pele fina e delicada de quem nem sequer se veste com as suas próprias mãos. Então o arquiduque disse, Agradeço-te teres evitado uma tragédia, Eu não fiz nada, meu senhor, os méritos são todos de solimão, Assim terá sido, mas imagino que em algo haverás ajudado, Fiz o que pude, meu senhor, para isso sou o cornaca, Se toda a gente fizesse o que pode, o mundo estaria com certeza melhor, Basta que vossa alteza o diga para que seja certo, Estás perdoado, não precisas de lisonjear-me, Obrigado, meu senhor, Que sejas bem-vindo a viena e que viena te mereça, a ti e a solimão, aqui sereis felizes. E com esta palavra maximiliano segundo retirou-se para o coche levando a arquiduquesa pela mão. A filha de carlos quinto está grávida outra vez.

O elefante morreu quase dois anos depois, outra vez inverno, no último mês de mil quinhentos e cinquenta e três. A causa da morte não chegou a ser conhecida, ainda não era tempo de análises de sangue, radiografias do tórax, endoscopias, ressonâncias magnéticas e outras observações que hoje são o pão de cada dia para os humanos, não tanto para os animais, que simplesmente morrem sem uma enfermeira que lhes ponha a mão na testa. Além de o terem esfolado, a salomão cortaram-lhe as patas dianteiras para que, após as necessárias operações de limpeza e curtimento, servissem de recipientes, à entrada do palácio, para depositar as bengalas, os bastões, os guarda-chuvas e as sombrinhas de verão. Como se vê, a salomão não lhe serviu de nada ter-se ajoelhado. O cornaca subhro recebeu das mãos do intendente a parte de soldada que estava em dívida, acrescida, por ordem do arquiduque, de uma propina bastante generosa, e, com esse dinheiro, comprou uma mula para servir-lhe de montada e um burro para levar-lhe a caixa com os seus poucos haveres. Anunciou que ia regressar a lisboa, mas não há notícia de ter entrado no país. Ou mudou de ideias, ou morreu no caminho.

Semanas depois chegou à corte portuguesa uma carta do arquiduque. Nela se informava que o elefante solimão tinha morrido, mas que os habitantes de viena nunca o esqueceriam, pois havia salvo a vida de uma criança no mesmo dia em que chegou à cidade. O primeiro leitor da carta foi o secretário de estado pêro de alcáçova carneiro que a entregou ao rei, ao mesmo tempo que dizia, Morreu o salomão, meu senhor. Dom joão terceiro fez um gesto de surpresa e uma sombra de mágoa cobriu-lhe o rosto. Mande chamar a rainha, disse. Dona catarina não tardou, como se adivinhasse que a carta trazia notícias que lhe interessavam, talvez um nascimento, talvez uma boda. Nascimento e boda não deveriam ser, a cara do marido contava outra história. Dom joão terceiro murmurou, Diz aqui o primo maximiliano que o salomão. A rainha não o deixou acabar, Não quero saber, gritou, não quero saber. E correu a encerrar-se na sua câmara, onde chorou todo o resto do dia.

SOBRE JOSÉ SARAMAGO E A VIAGEM DE UM ELEFANTE

Alberto da Costa e Silva

Cada um de nós, ainda que não o saiba, é uma antologia ambulante e traz dentro de si uma história do mundo. Um museu particular. Um álbum de paisagens. A sua estante de livros, com os versos de que se socorre, quando necessita de desabafo, consolo, estímulo e exemplo, os versos que lhe descem naturalmente da memória, como se fossem dele, isto é, nossos, e não de seus achadores. Aos poetas pedimos isto, que falem por nós, antes que saibamos o que desejávamos dizer. Disso não dispensamos os ficcionistas sobretudo aqueles que começaram como poetas e continuam poetas, como José Saramago, mas neles queremos também encontrar as nossas outras vidas possíveis ou sonháveis, no tempo e no espaço. Se um teste do grande poeta é ter versos que se incorporam ao falar diário como "um urubu pousou na minha sorte" ou "tinha uma pedra no meio do caminho", o do romancista e do contista é deixar conosco personagens a quem poderíamos estender ou recusar a mão, em cenários que incluímos entre aqueles que algum dia freqüentamos, e acompanhar em situações que permanecem em nossa lembrança como algo vivo, porque imaginado.

Ou imaginado, porque vivido. Como Baltasar Sete-Sóis a cortar um molho de vime no alagadiço, enquanto Blimunda, em vez de olhar para dentro das pessoas, colhe lírios-d'água para enfeitar as orelhas do burrico. A um só tempo reais e improváveis, os dois estão na antologia de gente que morrerá comigo. Como também Ricardo Reis a andar pelo Alto de Santa Catarina, como tantas vezes eu andei, sem sequer pressentir que lhe pisava os passos.

O mais difícil, digo a propósito desse Ricardo Reis, é inventar o que já foi inventado, dar carne, dúvidas e fraquezas a um certo poeta que Fernando Pessoa desentranhou de si mesmo, para escrever dez dúzias de poemas. E trazê-lo do Brasil e do imaginário para a Lisboa de 1935. Nunca mais, para mim, pelo menos, o Ricardo Reis será apenas o da curta biografia deixada por quem primeiro o criou ou o do retrato que dele fez Almada Negreiros. No ano da sua morte, Reis tomou, num romance, o corpo que um outro lhe deu, e é este Reis quem ficará para sempre comigo e conosco.

Saramago possui o dom de vestir a história de ficção e a ficção de história, ao passar pelo urdume do real a trama do feérico. Como neste *A viagem do elefante*, no qual as escassas notícias de um presente dado, em 1551, por dom João III e Catarina d'Áustria ao arquiduque Maximiliano e sua mulher, tomam vida na cadência de uma longa marcha por terras portuguesas, espanholas, italianas e austríacas, e com tamanha verdade e intensidade que me senti, em todo o percurso, mais do que leitor, personagem.

Sei de outros presentes de animais exóticos, mas que só eram exóticos para quem os recebia e não, como no caso do elefante Salomão, também para quem os dava. Lembro duas girafas: a que o sultão do Egito enviou a Lorenzo de Médicis e encheu de admiração as ruas de Florença; e a que o sultão de Melinde fez chegar ao imperador da China, na primeira ou segunda década do século XV, e foi tida pelos chineses como emblema da perfeita virtude e da perfeita harmonia no Império e no Universo. Ambos os animais fizeram longas travessias, mas destas não nos ficaram mais do que rápidos registros. Também são poucos e breves os da viagem do elefante Salomão de Lisboa a Viena d'Áustria. Mas, neste último caso, ganharam, quatro séculos e meio mais tarde, a imaginação de um mestre em transformar o real num sonho com os contornos do real, numa prosa em que nos repete, livro após livro e com o vocabulário e a música de um poeta em quem o humor e a ironia acompanham a indignação, que a beleza teima em agasalhar-nos, ainda que a vida, como a temos, nos maltrate as esperanças.

Sempre terei Saramago como quem sai de um livro seu, *Levantado do chão*, que acabara de ler quando o conheci, num já distante dia de 1983 ou 1984. "Dói-me o mundo." Isso me disse com estas e outras palavras, numa das numerosas conversas que tivemos desde então, sobretudo em Lisboa, onde, por cinco anos, nos encontrávamos com freqüência. E acrescentava: "Não me conformo com o que os homens fazem aos homens".

José Saramago é um grande escritor, destes que se atrevem a tentar recriar a humanidade e de cujos livros saímos diferentes. Um grande escritor que não esquece e não quer que esqueçamos que saramago é uma erva rústica, confundida por alguns com o armolão, e que era de coisas assim que os pobres, dos quais jamais se apartou, tiravam os sobrenomes.

1ª EDIÇÃO [2008] 1 reimpressão
2ª EDIÇÃO [2008] 3 reimpresssões
3ª EDIÇÃO [2017] 1 reimpressão

ESTA OBRA FOI COMPOSTA PELA SPRESS EM TIMES E IMPRESSA EM
OFSETE PELA GEOGRÁFICA SOBRE PAPEL PÓLEN SOFT DA SUZANO S.A.
PARA A EDITORA SCHWARCZ EM NOVEMBRO DE 2021

A marca FSC® é a garantia de que a madeira utilizada na fabricação do papel deste livro provém de florestas que foram gerenciadas de maneira ambientalmente correta, socialmente justa e economicamente viável, além de outras fontes de origem controlada.